Schreiner gegen Goliath

Wenn Schreiner zusammen Kaffee trinken, dann geht es nach kurzer Zeit knallhart zur Sache. Die Zeiten lustiger Geschichten sind längst vorbei.

Das Büffelhorn, das so lang geruht,
der Schreiner nahm's aus der Lade.
Das alte Horn, das brüllt nach Blut,
es wird ein Kampf ohne Gnade.

Ein Buch für Kämpfer

Dieses Buch ist
Karl Hofmann
gewidmet.

Wir ehren einen Mannheim-Friedrichsfelder Handwerker, einen Widerstandskämpfer gegen die Nationalsozialisten, einen aufrechten Kämpfer gegen Unterdrückung und Ausbeutung, einen SPDler und Gewerkschafter, einen Kämpfer mit Herz, ein Vorbild für alle Handwerker.

Schreiner gegen Goliath

Werner S e s t e r

Inhaltsverzeichnis

Einführung

Vielleicht erinnern Sie sich noch an meine
Geschichte.
Ich erhielt eines Tages einen Anruf von Gott.
Kein Witz! Es war Gott.
Gott bat mich, seinen Filius zu einem richtigen
Schreiner auszubilden.
Nach einigem Zögern habe ich eingewilligt.
Die Ausbildung war nicht ganz so einfach, wie
ich mir das vorgestellt hatte. Es gab Probleme.
Es gab Missverständnisse. Es gab Irritationen.
Egal, wir haben es gemeinsam geschafft.
Jesus war ein guter Auszubildender.
Er lernte schnell. Er lernte viel.
Ich habe ihm beigebracht, die richtigen Fragen
zu stellen, und ich habe ihm beigebracht, dass es
Situationen gibt, in denen er besser den Mund
halten sollte.
Lehrzeitverkürzung gab es selbstverständlich
nicht.
Wer verzichtet schon gerne auf
Insiderinformationen aus erster Hand.

Tadeln Sie mich nicht dafür.
Ein Schreinermeister ist auf seine Art ein
Weiser. Er erkennt im Kleinen das Universelle,
aus einem Teil kann er auf das große Ganze
schließen und umgekehrt.
Und in einer Möglichkeit erkennt er **seine**
Möglichkeit.
Jesus war so eine Möglichkeit.
Meine größte Aufgabe bestand darin, aus dem
Allmächtigen etwas Sinnvolles herauszuholen,
was auch alltagstauglich war.
Solche Herausforderungen liebt ein
Schreinermeister.
Und diese Herausforderungen sind ihm auch
vertraut, wenn er Kundenfantasien auf das
Machbare herunterstutzen muss, zum Wohle
aller.

Ich verrate Ihnen jetzt meinen Masterplan.
Jesus soll eines Tages mein Nachfolger werden.
Ich will den Besten der Besten für diesen
Posten.
Dazu brauchte Jesus vor allem noch mehr
Erfahrung aus allen Teilen unseres vielseitigen
Berufes.
Ich dachte, dass ihm ein paar Jahre als
Wandergeselle auf der Walz diese Berufs- und
Lebenserfahrung vermitteln würden.

Wer sich in der Fremde in einem täglichen Überlebenskampf durchschlagen muss und sich nur auf sein Talent und seine Erfahrung verlassen kann, wächst sehr schnell vom Jüngling zum Mann heran.

Jesus zog mit Begeisterung los.
Ob ihm klar war, dass die Vorschriften für Wanderburschen kein Zuckerschlecken waren?
Ich konnte ihm nicht beistehen. Jetzt konnte er sich nur noch auf sich und den heiligen Josef verlassen, den Schutzpatron der Wandergesellen, seinen allerersten Meister, dem ja leider der Handwerksrolleneintrag fehlte.
Jesus durfte sich seinem Heimatort, und das war meine Schreinerei, auf 50 km im Umkreis in den nächsten Jahren nicht mehr nähern, sonst war es Essig mit dem Wanderburschendasein.
Ich gebe es gerne zu, für mich war es auch kein Zuckerschlecken. Ich habe ihn sofort vermisst.

Zahlbar später

Jesus war weg.
Wir Schreiner lebten mit den Krisen, wie wir es
immer schon getan haben.
Einzig die Härte der Auseinandersetzungen
wurde spürbar intensiver.
Die Banken verwickelten sich in dubiose, teils
kriminelle Geschäfte, und sie bedienten sich
schamlos am Vermögen der hart arbeitenden
Bevölkerung, besonders gerne bei Handwerkern,
die auf Kredite angewiesen waren. Werkstätten
und Häuser wurden im Wert herabgestuft, weil
diese angeblich keinen Wiederverkaufswert
hatten. Dadurch konnten die Banken
Kontokorrentkredite kündigen und das Geld
einfordern, weil es keine ausreichende Deckung
mehr für Kredite gab, was wiederum in
Zwangsverkäufen der Immobilien endete, die
sich die Banken dann billig aneigneten.
Solch üble Geschäfte wurden bei einigen
Banken zum neuen Geschäftsmodell. Bei einer

schottischen Bank hieß das: ‚Enteignet die Handwerker, schnappt Euch ihre Ersparnisse'. Deutsche Banken gingen hier viel dezenter vor, die regelten das in internen Gesprächen, allerdings mit der gleichen Intention: ‚Ruiniert die Handwerker'.

Wir Schreiner haben in diesen schweren Zeiten sehr gelitten. Im Kampf gegen eine virtuelle Scheinwelt, die sich Finanzwirtschaft nennt und mit Geldfantasien und böswilligen Abhängigkeitsverhältnissen arbeitet, waren die Schreiner nicht geschult.

Die Politik musste immer wieder eingreifen. Irgendetwas von „Systemrelevanz" wurde gefaselt und dabei flossen die Gelder, viel Geld, unser Geld.
Und wohin?
Zu den systemrelevanten Gangstern.
Viele Kollegen mussten in der großen Krise aufgeben. Sie wurden nicht unterstützt. Sie waren nicht systemrelevant.
Ein Handwerker erduldet viel.
Aber verhöhnen sollte man einen Handwerker nicht. Das kann böse Folgen haben, wie die folgende Geschichte zeigt:

Es gibt doch tatsächlich Menschen, die meinen, dass das Handwerk in seiner Traditionsverbundenheit den Anforderungen einer modernen Gesellschaft nicht mehr genügt. Schwedische Möbelhersteller werden gerne als Beispiel dafür angeführt, wie durch Mobilität, Kreativität und einem Geschick für die Ausnutzung vom Armutsgefälle große Gewinnspannen zu erzielen sind.

Ein Schreiner lässt sich durch solche Äußerungen nicht aus der Ruhe bringen.

Ein Schreiner denkt nach und schüttelt verwundert den Kopf.

Es wird auch behauptet, dass das Handwerk mit seiner Preisgestaltung an der modernen, auf Kreditgeschäfte fixierten Gesellschaft vorbeiwirtschaftet.

Auch diese Äußerungen bringen einen Schreiner nicht durcheinander.

Ein Schreiner denkt auch darüber nach und zuckt verwundert mit den Schultern.

Er registriert, dass Banken eine Weltwirtschaftskrise auslösen konnten, die zur Verarmung von vielen Menschen führte, und dass diese Banken anschließend mehr verdienten als je zuvor, weil die Allgemeinheit ihre Frechheiten finanzieren musste.

Darüber wundert sich ein Schreiner und lässt
sich auch weiterhin nicht aus der Ruhe bringen.

Nur einmal, einmal sah der Schreiner rot.
Es war zur besten Fernsehzeit, als einer der
Finanztaktiker in einer Diskussion behauptete,
dass der Reichtum einer Gesellschaft nicht durch
die tägliche harte Arbeit, sondern allein durch
kluge Entscheidungen aus der Finanzwelt
entsteht. Wirkliche Werte in der westlichen Welt
entstehen nicht mehr durch Produktion, sondern
vor allem durch den Geist und durch die Taktik
von Schlitzohren der Finanzbranche.
Bei dem Wort ‚Schlitzohr' war es vorbei mit der
Ruhe des Schreiners.
Hier wurde ein wunder Punkt in seinem Leben
berührt. Unbewusst streichelte er mit seiner
Hand über die Narbe an seinem Ohr.
Was wusste denn dieser Finanzschnösel von
einem Schlitzohr?
Dieser Begriff gehört zu den Wandergesellen,
den Schreinern, und darf nicht auf diese Art
missbraucht werden. Er passt einzig und allein
auf Wandergesellen, die sich allzu dreist und
entgegen den Regeln benommen haben, was
wiederum den Zorn der Kollegen hervorruft.
Der Ohrring, den jeder Wanderbursche auf der
Wanderschaft trägt, wird dem Lümmel als Strafe

mit einem Ruck heruntergerissen. So und nur so entsteht ein Schlitzohr.

Wie konnte sich einer mit Geld - das er nicht hat oder das ihm nicht gehört - Optionen einkaufen auf Waren oder Wertpapiere, die er in Wirklichkeit nicht will, anmaßen, sich mit einem gut ausgebildeten Schreinergesellen zu vergleichen?

Jedem Schreiner ist klar, dass ein Schlitzohr aus dem Handwerksbereich selbstverständlich ein aufrechter Mensch ist, sieht man einmal davon ab, dass er in Zukunft besser die Finger von der Frau des Meisters lassen sollte.

Unser Schreiner saß wütend vor dem Fernseher. Er hatte auf einmal das System, in dem es für ihn keinen Platz mehr zu geben schien, verstanden.

Nach dem ersten Wutanfall und nachdem er sich an der Zimmertür abreagiert hatte, die sich nach mehr als zwei Jahren plötzlich wieder schließen ließ, fasste er einen Plan. Er wollte einen Weg finden, wie er auf die neu entstandenen Kundenbedürfnisse effizient eingehen konnte. Klar war, dass die Menschen plötzlich virtuelle Dinge im Wert höher einschätzten als wirkliche Produkte.

Klar war, dass Barzahlung keine Zukunft mehr hatte und alle Geschäfte irgendwie über Formen des Kredits laufen mussten.

Und so begann er mit der Arbeit.

Ein Schreinerkatalog musste erstellt werden.

In einem Rundbrief an seine Kolleginnen und Kollegen der Umgebung bat er alle Schreiner, ihre Bilder von früheren Aufträgen in einen gemeinsamen Katalog ins Internet zu stellen, um ein vielfältiges Werk unseres Berufsstandes zeigen zu können. Wer sich beteiligte, bekam Anteilscheine an dem Katalog.

Schon bald stellten sich die ersten Kundenanfragen ein, weil es in diesem Katalog keine Preise gab. Die Erklärung, dass man virtuell erst eine bestimmte Menge jedes Produktes sammelte, um es dann später sehr günstig herstellen zu können, leuchtete ein. Also mussten sich die Kunden erst einmal Optionen auf eine Bestellung sichern, ehe es zu einer richtigen Bestellung kommen konnte. Das kostete selbstverständlich nichts.

Das anfängliche Zögern der Kunden verwandelte sich sehr schnell in einen Run auf die virtuellen Produkte, nachdem die Zahlungsklausel publik wurde: „Zahlbar später!" Diese unbestimmte Zahlungsklausel hatte eine ungeahnte Wirkung, da sie von jedem, entsprechend seiner persönlichen Finanzsituation, anders interpretiert wurde.

Die Anfragen und die Optionen auf eine Bestellung häuften sich.

Und plötzlich kamen Anfragen von ganz anderer, unerwarteter Seite. Städte und Kommunen fragten nach, ob auch Ausbauten von Kindergärten und Schulen mit dieser Zahlungsklausel möglich wären.

Selbstverständlich war das möglich.

Und so sicherten sich bereits die ersten kleinen Gemeinden Optionen für eine Bestellung, die zu nichts verpflichtete. Das neue System sprach sich sehr schnell unter Kunden, aber auch in anderen Handwerkskreisen herum.

Plötzlich erschienen in dem neuen Katalog Arbeiten von Schlossern, Maurern, Malern, Installateuren.

Einige Architekten baten verschämt, sich dem neuen System anschließen zu dürfen.

Es wurde ihnen bewilligt, mit Auflagen allerdings, so wie sie es gewohnt waren.

Der virtuelle Katalog wuchs und wuchs.

Optionen auf Bestellungen schossen täglich zu Tausenden herein.

Die ersten Anfragen aus dem Ausland kamen und Handwerker aus anderen Ländern beteiligten sich an dem Katalog.

Die kurioseste Anfrage kam aus Südamerika. Es wurde nach einem Staudamm mitten im Urwald nachgefragt. Selbstverständlich wurde auch diese Anfrage nicht abgelehnt und die Zahlungsklausel ‚zahlbar später' galt auch für dieses Projekt. Die Option für eine Bestellung traf prompt ein.

Dieser Ansturm auf das neue System hinterließ auch bei der traditionellen Kreditwirtschaft ihre Spuren. Die Anträge auf Kreditvergabe bei den Banken gingen drastisch zurück. Leasinggesellschaften erlebten ihre schwärzeste Zeit.

Die Aussicht, durch Optionen auf Bestellungen ein Schnäppchen zu machen, war zu verlockend, zumal es auch noch die Zahlungsklausel gab: ‚Zahlbar später'. Längst konnte der Schreinermeister die Flut der Mails nicht mehr bewältigen. Es wurde eigens ein Großraumbüro angemietet und viele Kräfte aus der IT-Branche eingestellt, die für eine bessere Präsentation sorgten. Das Ergebnis war, dass noch mehr Optionen auf Bestellungen kamen.

Vielleicht sollte man an dieser Stelle noch erwähnen, dass die Einrichtung eines Büros und die Anstellung von 100 zusätzlichen Kräften keine große Sache war, denn dafür gibt es schließlich Banken und Kredite. Und die

Agentur für Arbeit arbeitete auch fleißig mit. Die Kosten von schwer vermittelbaren Akademikern übernahm für ein halbes Jahr großzügig die Arbeitsagentur. Verstärkt wurde dieses Heer an neuen Mitarbeitern durch jede Menge Praktikanten, die sich für die Arbeitswelt qualifizieren mussten.

Die ersten Kontakte zu den Banken waren somit hergestellt. Und die wollten mehr!

Es war nicht zu übersehen, dass viele Städte, Gemeinden und öffentliche Einrichtungen, die im Moment in einer Kreditklemme steckten, zu dem neuen Kundenkreis gehörten.

Und das waren sichere Kunden. Nicht vergleichbar mit den armen Hauskäufern aus Amerika, von wo aus die erste große Krise ihren Lauf nahm.

Jetzt konnte ein Paket geschnürt werden.

Und mit dem gewohnten Elan gingen sie wieder dran, die Finanzjongleure der Welt.

Mit viel Fantasie entstanden die neuen Papiere, die auf dem Weltmarkt angeboten wurden.

„Handwerksgold" war besonders begehrt, „Handwerkssicherheit" war ebenfalls ein Renner, „Bauen, Vertrauen" wurde in Amerika stark nachgefragt, vermutlich weil es dort einen großen Nachholbedarf an Vertrauen gab.

Es muss wohl nicht erwähnt werden, dass die neuen Wertpapiere Rekordumsätze an der Börse erzielten.

Und es muss wohl auch nicht groß erwähnt werden, dass die Anteilseigner am Katalog durch ihren eigenen Wertpapierbesitz stinkreich geworden sind.

Das System der Optionen auf Bestellungen wurde geradezu hysterisch vorangetrieben. In kurzer Zeit wurden Tausende neuer Jobs geschaffen, die nur mit Registrierung und Verwaltung beschäftigt waren.

Unser Schreiner saß derzeit auf Mallorca und machte sich ernsthafte Gedanken über die virtuelle Welt. Er war in sehr kurzer Zeit ein steinreicher Mann geworden. Man kürte ihn zum Unternehmer des Jahres, zeichnete ihn mit dem Bundesverdienstkreuz aus und lud ihn auf jede Promiparty ein.

Die Geduld der Menschen ist groß.

So dauerte es auch ziemlich lange, bis die ersten Fragen auftauchten.

Besonders wunderte man sich darüber, dass in Deutschland fast jeder Handwerksbetrieb Betriebsferien auf unbestimmte Zeit hatte.

Niemand war da, der eine fachgerechte Reparatur ausführen oder ein Stück herstellen konnte.

Von den Kliniken kamen die ersten Alarmzeichen.

Es ließ nicht lange auf sich warten, dann war das Fehlen sämtlicher Handwerker Tagesgespräch auf der Straße, im Fernsehen, in allen Nachrichten.

Verzweifelt versuchten sich die Leute in dem System ‚Option für eine Bestellung' anzumelden.

Jeder wollte eine Option haben, um einen begehrten Handwerker zu ergattern. Und schließlich brach auch dieses System an Überlastung zusammen.

Die Geschichte könnte hier enden.

Wir haben die zweite Weltwirtschaftkrise innerhalb von wenigen Jahren und der Schuldige ist ...

Ja, wer ist eigentlich der Schuldige?

Lassen Sie Ihre Hände in der Tasche und deuten Sie jetzt nicht auf den armen Handwerker.

Er hat nur nachgespielt, was heutzutage bei Managern, Bankern und Politikern als neues Gesellschaftsspiel mit inbrünstiger Leidenschaft betrieben wird. Die Suchtbefriedigung von Macht und Reichtum.

Und um gar keinen Zweifel darüber zu lassen, wo das Handwerk steht, endet die Geschichte wie in einem guten Kitschfilm:
Nachdem Mallorca von Handwerkern überfüllt war und einige Nächte kräftig durchgezecht wurde, sehnten sich die Handwerker wieder zurück zu ihrer geliebten Werkstatt.
Sie hatten Milliarden verdient, aber so ein Verdienst war nicht mit der Handwerksehre in Einklang zu bringen. Also wurde das gesamte Geld auf ein Treuhandkonto einbezahlt, aus dem die Opfer der Krise voll entschädigt wurden.
Das war eine Geste, die zur Nachahmung auch den Banken empfohlen wird.
Etwas Kitsch könnte diese Branche sehr gut vertragen.
Es wäre doch eine coole Sache, wenn sich Banken bei der gesamten Bevölkerung für ihr unverschämtes Verhalten entschuldigen würden, indem sie Unterstützungsleistungen an arme Menschen in unserer Gesellschaft bezahlen würden. Es klingt zwar kitschig, aber es wäre cool.

Es sieht leider so aus, dass sich die Finanzmaschinerie wieder in alten Spuren befindet.
Das wiederum ärgert uns Handwerker sehr:
„Habt Ihr tatsächlich schon vergessen, dass wir Euch den Arsch gerettet haben?"

Die Handwerker trafen sich ein letztes Mal alle vor dem Ballermann. Und ein Schreiner mit einem Ohrring im Ohr stimmte ein Lied an, bei dem alle sofort mitsangen:

„Ich bin der Jesus von Mallorca …

Als das Wort „Jesus" fiel, wachte ich schweißgebadet aus meinem Albtraum auf.
Ich brauchte einige Zeit, um wieder klar zu werden.
Nur ein Traum, oder nicht?
War der Schreiner in meinem Traum etwa Jesus auf der Wanderschaft?
„Hoffentlich macht der Kerl keinen Unsinn", dachte ich und schaltete den Fernseher ein.
Da sah ich doch tatsächlich einen Finanzschnösel in einer Diskussionsrunde, der behauptete, dass …

Albträume

Natürlich fragen Sie sich jetzt, was so ein Albtraum eines Schreiners für eine Bedeutung hat.
Denken Sie in Ruhe darüber nach, und fragen Sie um Himmels willen nie einen Psychoanalytiker.
Mit so einer Frage haben Sie sein Lieblingsthema getroffen. Solche Ausführungen können Stunden dauern und enden immer mit Unverständnis und einer großen Liste von Literaturhinweisen.
Wenn Sie zu diesem Thema gar keine Idee haben, dann fragen Sie einfach einen Schreiner, der fasst Ihnen das Problem in wenigen Sätzen zusammen.
Die Zusammenfassung eines Schreiners kann sogar durch eine Formel ausgedrückt werden: Traum = CNC.
Am Arbeitsablauf mit einem CNC-Bearbeitungszentrum lässt sich ein Traum in

seinen verschiedenen Stadien wunderbar darstellen.

Stellen Sie sich einfach vor:

Auf dem Rollwagen liegt ein vorbereiteter Holzstapel. Der Schreiner nimmt sich von diesem Holzstapel ein besonderes Stück herunter, sozusagen das Sahnestück des Ganzen. Er legt dieses besondere Stück auf die CNC, drückt den Knopf und damit beginnt der Traum. Die CNC läuft, sie umfährt, sie bohrt tief, entfernt unwichtige Teile und nähert sich langsam dem Kern des Ganzen.

Sie merken schon, jetzt geht's in die Tiefe, jetzt wird es ernst.

Am Anfang achtet ein Schreiner noch auf die Geräusche, was man auch als Vorstadium des Traumes deuten kann.

Das bekannte Geräusch beruhigt ihn und suggeriert ihm gleichzeitig, dass er alles unter Kontrolle hat.

Sobald ein Schreiner auf sich baut, weicht die Kontrolle einem tiefen Vertrauen.

So sind Schreiner nun mal.

Und damit hat der Tiefschlaf begonnen.

Jetzt laufen Dinge ab, die sich dem Schreiner völlig entziehen. Das Unheimliche, das Unaussprechbare beginnt zu arbeiten.

Die CNC macht Dinge, die so nicht vorgedacht waren, das Sahnestück zeigt ein Verhalten, das seinem eigentlichen Verhalten nicht würdig ist.
Es entsteht eine Wirklichkeit, die nichts zu tun hat mit der Wirklichkeit, die der Schreiner zuvor in der virtuellen Welt am Bildschirm durchgespielt hat.
Wir orten unseren Traum jetzt im Umfeld der Quantenmechanik. Die Teilchen machen, was sie wollen.

Zum Schluss betritt die CNC-Säge die Bühne.
Es ist immer die Säge, vermutlich wegen der Dramatik.
Mit einem schrillen, unerträglichen Geschrei saust die Säge quer durch die Auflagen mitten durch das Sahnestück hindurch.
So etwas nennen wir dann einen Albtraum.

Das Erwachen aus einem Albtraum ist furchtbar.
Ein Schreiner kennt diese Gefühle.
Deshalb hält er sich auch nicht lange mit seiner Benommenheit auf, sondern beginnt sofort mit einer schonungslosen Analyse des Erlebten.
Er holt die tiefen Abläufe seines Traumes in sein waches Bewusstsein hinein und zieht seine Schlüsse daraus.

Er erkennt einen nicht endenden Kampf in einem nicht endenden Kreislauf, hinter dem sich eine tief greifende Wahrheit verbirgt.

Holen Sie jetzt tief Luft, bevor wir mit der Zusammenfassung dieser Wahrheit beginnen: ,Der Traum wiederholt das Alte, um die Schutzmechanismen im Wachen zu aktivieren. Das führt zu Kontrollen, die das Vertrauen unterdrückt, was wiederum dem Selbstverständnis des Schreiners entgegenwirkt. Diese Analyse führt ihn zu der Erkenntnis, dass er sich vertrauen muss, um wirklich gute Arbeit zu leisten. Dieses Vertrauen ist dann die Voraussetzung dafür, die Kontrollen zu umgehen, die einem vernünftigen Traum im Wege stehen. Ein vernünftiger Traum ist ein Traum, der einem mit dem Alten konfrontiert, um nach dem Traum im Wachzustand Schutzmechanismen einzurichten.'

Jetzt ist Ihnen hoffentlich klar, weshalb ein Albtraum für einen Schreiner immer wieder von vorne beginnen muss.
Nur so erkennt ein Schreiner, dass alles noch beim Alten ist und dass er immer noch lebt.

Haben Sie das verstanden?
Wenn nicht, dann fragen Sie doch einfach einen
Psychoanalytiker.

Heilige Briefe

Sein Anruf kam gegen Mitternacht.
„Meister, du musst mir helfen, ich habe einen
riesigen Fehler gemacht. Wir müssen das wieder
geradebiegen. Mein Brief kommt morgen bei dir
an, darin stehen alle Details."
Der Anruf endete abrupt.
Er hatte einen Fehler gemacht und **wir** müssen
das wieder geradebiegen?
Das hörte sich gar nicht gut an.
An Schlaf war nicht mehr zu denken.
Also ging ich in die Werkstatt und startete eine
Öl-Orgie.
Wenn man Schrankteile über einen längeren
Zeitraum mit diesen biodynamischen, ätherisch
duftenden Mitteln einstreicht, hat das zur Folge,
dass man in eine Wolke des Glücks eingehüllt
wird. Der Glückszustand hält bei einem
Schreiner zwei Minuten an, danach wird er
meistens depressiv und schläfrig.
So erging es mir.

Der Brief traf am nächsten Morgen ein. Ich war depressiv und übermüdet.

Vergessen Sie es.

Ich werde diesen Brief nicht vorlesen.

Glauben Sie vielleicht ich lasse es zu, dass irgendein selbsternannter Oberlehrer die grammatikalischen Fehler von Gott anstreicht. Es geht hier ausschließlich um Inhalte.

Jesus konnte es nicht lassen.

Er hatte Angela an ihrem Mitgefühl gepackt. Ihre Entscheidung, die Flüchtlinge durchzuwinken, hatte unmittelbar mit Jesus zu tun.

Christlich handeln heißt, im Sinne von Jesus handeln.

Der Satz „Wir schaffen das" kam nicht von Angela, sondern war ein Satz von Jesus.

Jetzt war es heraus!

Angela Merkel hat nur das wiederholt, was Jesus schon immer seinen Jüngern und seinen Anhängern gepredigt hatte. ‚Habt Vertrauen in Gott, dann wird Euch geholfen'.

Und jetzt folgt eine aristotelische Logik.

Jesus sagt zu Angela, wir schaffen das. Jesus sagt zu seinen Anhängern, wir schaffen das. Also folgt daraus, dass Angela es mit den Anhängern gemeinsam schaffen wird.

Und was bitte hat sie anderes gesagt?
Die Presse hat das sofort kapiert. „Wir schaffen
das" wurde zur großen Schlagzeile.
Und die ‚Zweifler im Herrn' haben es ebenfalls
kapiert, dass Sie als Nichtanhänger durch die
Maschen der Logik gefallen sind.

Das Geständnis von Jesus war umfassend.
Er fühlte sich schuldig, weil er die
Konsequenzen seines Handelns nicht zu Ende
gedacht hatte. Angela stand mit den ganzen
Problemen letztendlich alleine da.

Es waren die Ereignisse am Münchner
Hauptbahnhof, die Jesus zum Nachdenken
brachten.
Die Züge mit den Flüchtlingen trafen in
München ein. Jesus stand am Bahnhof, um
mithilfe des Heiligen Geistes als Dolmetscher
zur Verfügung zu stehen.
Eine Armada von Helfern rannte zu den Zügen,
sie verteilten Getränke und Lebensmittel und
jede Menge Plüschtiere durch die offenen
Zugfenster.
Alle jubelten den übermüdeten, verstörten
Neuankömmlingen zu.
Unter ihnen waren viele junge Männer, die
Mehrzahl waren junge Männer, und jeder von

ihnen hatte auf einmal ein Plüschtier in der Hand.

Um Barrieren abzubauen, hatte Jesus sein weißes Gewand und seine Sandalen angezogen. Seinen großen Schreinerhut durfte er allerdings nicht ablegen. Das verbieten die Regeln der Wanderburschen. Er sah in seinem neuen Outfit etwas seltsam aus, doch er war guter Dinge, als er in den Zug einstieg.

Die jungen Männer mit den Stofftieren im Arm weckten in Jesus alte Erinnerungen.

Spontan wandelte er seine berühmte Bergpredigt in eine Zugpredigt um. Bei der Passage „Ihr sollt sein wie die Kinder …" regnete es Plüschtische auf Jesus herab.

Ein Sprung ins Freie rettete Jesus vor dem großen Bären, der von den hinteren Reihen nach vorne gereicht wurde.

Jesus war verwirrt, er hatte angenommen, dass viele Flüchtlinge aus Frauen, Kindern und alten Menschen bestehen würden, die Personengruppen, die normalerweise am meisten unter einem Krieg zu leiden haben. Stattdessen sah er ausschließlich junge Männer, die mit Plüschtieren nach ihm warfen und einen leicht aggressiven Unterton entwickelten, nachdem er sie mit seinem traditionellen „Shalom" begrüßt hatte.

Die Bahnpolizei schnappte sich Jesus an der Zugtür. Sein großer Schreinerhut war ihm vermutlich zum Verhängnis geworden. Er passte einfach nicht zu seinem langen weißen Gewand. So ein Stilbruch war unverzeihlich.
Jesus wurde verhaftet. Er durfte aus dem Gefängnis heraus anrufen.

Die Zeit im Gefängnis nutzte Jesus zu einer Art Selbstreinigung.
Umbrüche beginnen immer mit einer Selbstreinigung.
Als ,Instanz' und Erfinder von ,Vergebung' hat er sich erst einmal selbst verziehen.
Diese Vorgehensweise ist praktisch und eine notwendige Formsache.
Ich hätte mir in solch einem Fall drei ,Vaterunser' eingebrockt.
In Zukunft wollte auch ich mir sofort vergeben.
Dafür betete ich drei ,Vaterunser' im Voraus, das war reine Formsache. Schreiner lernen schnell.

Jesus wollte seiner Angela helfen.
Mit seiner alten Methode war er gescheitert.

SMS und Briefe waren ebenfalls nicht möglich. Was hätte der Verfassungsschutz wohl gemacht, wenn ein Brief eingetroffen wäre mit der Anrede:
„Liebe Angela, hier ist Jesus."

Also musste ein Schreiber her, der aufgrund seiner Bodenständigkeit, Ehrlichkeit und Aufrichtigkeit, seiner Intelligenz und seinem Charme die Sache regeln konnte, ein Schreinermeister.
Ich schrieb also an Angela Merkel einen Brief und hoffte dabei auf göttlichen Beistand. Es war schließlich sein Salat, um den ich mich kümmern sollte.

An
Bundeskanzlerin Angela Merkel
Berlin

02.11.15

PERSÖNLICH !!!!!

EILT !!!!

Per Fax

Sehr geehrte Frau Merkel,

Sie haben in den letzten Tagen viel einstecken müssen. Ich möchte Sie ein klein wenig trösten und Ihnen sagen, dass Sie auch neue Freunde gewonnen haben. Mit Ihrem beherzten Eingreifen in das Flüchtlingsdrama haben Sie uns längst vergessene Werte wieder zurückgegeben. Dafür möchte ich Ihnen danken. Es sieht so aus, als würden Sie jetzt Hilfe brauchen.

Hier meine Idee, wie man das Problem praktisch lösen kann.
Die zentrale Position bei der Lösung nimmt dabei das deutsche Handwerk ein.
Handwerksbetriebe (Schreinereien, Schlossereien, Installationsbetriebe, Friseure und und und) sind überall in Deutschland verteilt. Hunderttausende (eine Million) von Betrieben.
Handwerksbetriebe bilden aus, Handwerksbetriebe vermitteln Fachkenntnisse, aber auch so wichtige Dinge wie Pünktlichkeit, Zuverlässigkeit, Sprache und Ausdruck, Ordnungsstrukturen, Zusammenarbeit und Toleranz, mit einem Wort: All die Werte, die in unserer Gesellschaft Bedeutung haben.

Die Handwerksbetriebe unterstehen der Handwerkskammer als übergeordnete Instanz, die viele organisatorische Probleme lösen kann. Es gibt mit den Berufsschulen ein vorhandenes Bildungssystem, das lediglich durch Sprachkurse zusätzlich aufpoliert werden müsste.

Wer ein Handwerk beherrscht, kommt in dieser Gesellschaft sehr gut zurecht. Handwerk vermittelt nicht nur Fachkenntnisse, sondern auch das nötige Selbstbewusstsein.

Es gibt keine schnellere Methode, um einen, z.B. Syrer, in unsere Kultur einzuführen. Im täglichen Umgang mit Kollegen und Kolleginnen lernt er sehr schnell die wichtigen Dinge in unserer Gesellschaft kennen.

Jetzt kommt es darauf an, dieses Konzept den Kollegen/Kolleginnen schmackhaft zu machen. Mein Vorschlag wäre hier:

- Die Betriebe erhalten eine kleine monatliche Vergütung für die besondere Betreuung ihrer neuen Auszubildenden (evt. auch Steuererleichterungen).
- Der Staat bezahlt eine angemessene Ausbildungsvergütung an die Auszubildenden.

Alle Handwerksbetriebe sollten sich an dieser gesellschaftlichen Herausforderung beteiligen. Wer das nicht tut, hat nicht nur einen Wettbewerbsnachteil, er sollte auch eine zusätzliche Umlagevergütung (ähnlich der Ausbildungsumlage) bezahlen.

Die Handwerksbetriebe bilden den Kern unserer Gesellschaft.

Gewinnen Sie das Handwerk und Sie werden die Probleme lösen. Handwerker sind sozial vernetzt und haben in den Städten und Gemeinden einen guten Stand.

Bitten Sie die Handwerker im Fernsehen um ihre Hilfe. Es ist ein Notstand.

Ich vertraue meinen Kollegen, dass sie in diesen schweren Zeiten zur Stelle sind.

Zum Schluss noch eine Anmerkung.

Hunderttausende gut ausgebildeter, arabisch sprechender Menschen sind eine Empfehlung für deutsche Firmen beim Wiederaufbau in Syrien und Irak.

Mit freundlichen Grüßen

Die umfassende Aufteilung der vielen Flüchtlinge konnte beginnen. Handwerker gibt es überall.

In reichen Regionen Deutschlands gibt es viele Handwerker, in ärmeren Regionen weniger Handwerker.

Es war das perfekte Verteilungssystem.

Reiche Regionen mehr Belastung, ärmere Regionen weniger Belastung.

Wir Handwerker standen bereit, die vielen Probleme der Flüchtlinge über Beschäftigung und mit intensiver Betreuung zu lösen. Nichts löst Probleme besser als richtige Arbeit.

Wir warteten auf die Fernsehsendung.
Wir warteten und warteten.
Nichts geschah.

Angela Merkel hat nicht auf den Brief geantwortet.
Vermutlich war sie noch wegen Jesus verschnupft.
Dafür antwortete ein Kompetenzteam des Bundesministeriums für Arbeit und Soziales.
Der Brief enthielt eine seitenlange Auflistung von Maßnahmen der Ausbildungsförderung, Zuständigkeiten, Hinweise auf irgendeine „passgenaue Besetzung" des Bundesamtes für Wirtschaft und Energie, Förderhinweise für Asylbewerber in Sprachkursen mit Anmerkungen von Wartefristen und Hinweisen

auf verschiedene Leistungen nach dem SBGIII und Querverweise auf Mittel des Europäischen Sozialfonds.

So viel Kompetenz war erschlagend.
Ich musste mir eingestehen, dass ich diese Antwort auf meinen Brief nicht verstanden habe.
Nur in einem war ich mir sicher: Die göttliche Inspiration hatte total versagt.
Jesus war schlichtweg im Dschungel der Ämter und Verordnungen verloren gegangen.

In meinem Nichtwissen tröstete mich der Satz des weisen Sokrates: „Ich weiß, dass ich nichts weiß."
Fairerweise müsste das Amt für Arbeit und Soziales jetzt ergänzen: „Ich weiß noch nicht einmal das."

Jesus hatte recht, Angela Merkel steckte in großen Schwierigkeiten.
Und wir hatten noch nicht einmal Silvester.

Eine Frage bleibt ebenfalls noch offen:
Ob Andrea Nahles, die damalige Ministerin, mit drei „Vaterunser" davonkommt?

Revolutionen

Die erste Schreinerrevolution machte Jesus
quasi im Alleingang.
Danach haben Schreiner ein Gespür dafür
entwickelt, wann es wieder einmal soweit ist.
Schreiner können die vermoderten alten
Strukturen riechen. Der Geruch erinnert sie an
ihre alten vermoderten Werkstätten. Und wird
dieser Gestank zu arg, dann muss eine
Veränderung her.
Ein Schreiner beteiligt sich nicht an
Diskussionen im Vorstadium einer Revolution.
Den Verkauf von neuen Ideen und die
dazugehörigen Rechtfertigungen überlässt der
Schreiner den Philosophen.
Es stört den Schreiner nicht, dass viele seiner
Ideen von den Philosophen abgekupfert wurden.
Descartes, der Begründer der neuzeitlichen
Philosophie, meditierte über Traum und
Wirklichkeit und erkannte schließlich, dass er an
allem zweifeln konnte, nur nicht daran, dass er
zweifelte.

Das war die Grundlage dafür, dass er sagte: „Deshalb bin ich".

Ein Umstand, der mit ICH endet und den nächsten Satz mit ICH beginnen lässt, ist nichts anderes als das ‚Ichbewusstsein' und die Selbstbestimmtheit, die einem Schreiner von Natur aus innewohnt. Ein Schreiner braucht keinen Zweifel, um zu wissen, dass er IST.

Der Linsenschleifer Descartes erhebt unsere Gabe zu einem allgemeinen Wertegut und begründet dies auch noch wissenschaftlich.

So viel Zweifel macht einen Schreiner verzweifelt, denn das war ein glatter Diebstahl.

Das Zeitalter der Aufklärung hätte es ohne uns Schreiner nicht gegeben und eine französische Revolution schon gar nicht.

Wir können froh sein, wenn in einer Randnotiz der Geschichtsbücher erwähnt wird, dass Schreiner und Zimmerleute und ein paar Mägde und Bauern die Bastille gestürmt haben.

Schreiner verschwinden hinter einem großen Ganzen, sie verschwinden hinter neuen Herren mit neu entwickelten Wirtschafts-, Produktions- und Arbeitsformen und hinter depressiven Linsenschleifern, die nicht einmal wissen, ob sie wach sind oder nur träumen.

Donald Trump würde sagen: Mädels und Jungs, ihr seid einfach zu bescheiden.

Ihr seid gefeuert!
Er hat ja recht. Hätten wir die Wahrheit so
vertreten wie es Trump tut, dann säßen heute nur
Schreiner in Führungspositionen der Konzerne.

Wir reden über Wahrheit. Dann müssen wir der
Wahrheit auch ins Auge sehen.
Die hundert Jahre Dornröschenschlaf sind
vorbei. Wir haben drei Stufen einer industriellen
Revolution verschlafen, weil wir diese
Veränderungen nicht als Revolution begriffen
haben.
Bei „Energie" denkt ein Schreiner an Captain
Kirk und nicht unmittelbar an die
Maschinenstürmer und Weberaufstände, bei
Elektrifizierung, Automatisierung hat ein
Schreiner seine Altendorf, seinen Festo
Akkuschrauber oder seine Würth Assy-
Schrauben im Kopf und nicht die
Industriestraßen der großen Fabriken. Damit hat
er nichts am Hut.
Die Datenverarbeitung 3.0 reduziert sich beim
Schreiner auf ein Schreibprogramm und die
Überweisung der Umsatzsteuervorauszahlung
über Elster an das Finanzamt. Vielleicht kommt
noch ein vorinstalliertes Programm für die CNC
hinzu. Das war es dann auch.
So war das bisher!

„Aufwachen", ruft die Stimme des Prinzen zu Dornröschen.
Auf die Passage mit dem Kuss verzichten wir.

Der Schreiner nimmt zuerst den Modergeruch wahr, der eine stark süßliche Note hat.
Sein Blick starrt von der Decke herab auf die bekannte Werkstatt.
Und plötzlich entdeckt er eine ihm vertraute Person, die regungslos vor der Säge steht.
Er denkt noch, dass die Person sehr kleine Füße hat und dass der Dreitagebart auch nicht mehr in Mode ist.
Dann geht alles sehr schnell. Alle Maschinen springen zur gleichen Zeit an, der Lärm holt seinen Geist von der Decke herab, der Meister ist wieder voll da.
Dornröschenschlaf beendet!

Und wie das manchmal so ist, kommen aus den verborgenen Tiefen urplötzlich die klaren Gedanken zum Vorschein.
Der Meister stellt nüchtern fest, dass es ihn nicht mehr gibt.
Er ist als Einheit verschwunden. Das Spezialistentum hat ihn aufgesplittert.
Es gibt Spezialisten für Treppen, für Trockenbau, für Böden und Decken, für

Möbelbau, für Küchenbau, für Montage, für Innenausbau, für Fenster, für Platten, für Kanten, für Massivholz, für Beschläge, einfach für alles.

Selbstverständlich gibt es zu jedem Spezialistentum viele Unterspezialisten. Beim Treppenbau gibt es Spezialisten für Stufen, die unterteilt werden nach unterschiedlichen Materialarten, für Geländer gibt es Spezialisten für Holz und Metall, es gibt die Spezialisten für Verbindungsteile von Treppen, für unterschiedliche Konstruktionen, für Montage …

Dann gibt es die verschiedenen Fertigungsmethoden, von den industriellen Fertigungen, halbindustriellen Produktionen bis hin zu manuellen Fertigungen. Es gibt regionale, überregionale und internationale Aufteilungen, die sich aus dem Gesetz des Armutsgefälles ergeben.

Es gibt vom Großhandel gesteuerte Produktionszentrierungen, es gibt Zentrierungen im Holzanbau und Abbau, es gibt Zentrierungen bei der Herstellung von Plattenwerkstoffen …

Es gibt, es gibt, es gibt.

Wenn Sie alle bekannten Beschlagstechniken aufsagen müssten, dann wären Sie damit ein ganzes Jahr allein mit dem Vorlesen beschäftigt.

Konzentrierung, Aufsplitterung, Zukauf, Aufteilung …
„Genug", schreit der Meister, „jetzt wird gehandelt!"
Bei der nächsten Revolution wollte der Meister wieder da stehen, wo er hingehört, in die erste Reihe.
Aus dem Vorgeplänkel, die jede Revolution hat, konnte er entnehmen, dass auf einer Messe unter dem Geheimcode 4.0 die neuen Ideen unter dem Ladentisch gehandelt wurden und sich rasant verbreiteten.
Um an vorderster Front mitmischen zu können braucht man gute Informationen, man braucht einen Spezialisten.
Und den hatte der Meister.
Jesus musste her. Irgendwie.

Die Wanderburschenregeln mussten dafür hart interpretiert werden.
Die Aufhebung des Gebietsverbots war nur in besonderen Fällen erlaubt, ein Trauerfall in der Familie war so ein besonderer Fall.

Wir standen kurz vor dem Feiertag ‚Maria Himmelfahrt'.

Ich fuhr eilig nach München und sprach mit Jesus' derzeitigem Meister.

Jesus wurde gerufen, der Meister sprach ihm sein Beileid aus. Jesus verstand kein Wort.

Ich nickte dem Meisterkollegen zu, nahm Jesus bei der Hand und führte ihn hinaus aus der Werkstatt.

„Jesus, Deine Mutter ist gestorben, wir müssen nach Hause. In ein paar Tagen ist Maria Himmelfahrt."

Jesus starrte mich mit großen Augen an.

Auf der Fahrt nach Heidelberg erklärte ich ihm mein Dilemma.

Jesus lächelte. Der Geheimcode 4.0 war für Jesus kein Problem. Er hatte den Code in Sekundenschnelle geknackt.

„Vernetzung, Meister. Du redest über Vernetzung. Die alten Facharbeiter werden bald alle als Clickworker arbeiten. Alles ist mit allem vernetzt."

Lagerhaltung ohne Lagerarbeiter, Restaurants ohne Köche und Kellner, Kühlschränke, die sich selbst neu bestücken.

Der Meister ahnte, dass ein großes Unheil auf dem Vormarsch war.
Plötzlich sah er viele Dinge in einem anderen Licht. Man konnte schon seit einiger Zeit fertige Möbel über verschiedene Plattformen bestellen. Die Qualität war gut, der Service war gut, der Preis war akzeptabel, wenn man die Vorteile des neuen Systems im Gesamtrahmen betrachtete. Immer mehr Schreiner verzichteten auf große Werkstätten, es machte keinen Sinn, sich in die neuesten Technologien einzuarbeiten und zu investieren, wenn das Neueste einfach bestellt und hingestellt werden konnte.

Der Meister wurde sehr nachdenklich.
Seine Entschlossenheit wuchs von Minute zu Minute. Er wollte sich diesem großen Kampf stellen. Es ging um nicht weniger als das Selbstverständnis und die Zukunft des Schreiners.
Jesus konnte loslegen.
Jesus tauchte im Stundentakt beim Meister auf, seine Fragen waren sehr präzise durchdacht.
Holzeinkauf automatisch? Nur möglich, wenn genügend Kapital vorhanden ist. Nein!
Schraubenregal vernetzen? Sinnlos. Nein!
Ferngesteuerte Steckdosen, Mikrowelle, Kühlschrank. Quatsch. Nein!

CNC-Vernetzung mit Programmhersteller.
Gefährlich, wegen geheimer
Produktionsmethoden und unseren neuen
Produkten. Nein!
Jesus überlegte, der Meister überlegte und
schließlich nahm 4.0 Gestalt an.
Jesus arbeitete mit einem befreundeten
Elektriker zusammen. Es dauerte Tage.
Zum Schluss bat Jesus um das Smartphone des
Meisters.
Die letzten Vorbereitungen wurden getroffen.
Es funktionierte.
„Meister, wir können zurückfahren. Alles ist
erledigt, wir haben alles vernetzt, was möglich
war."
Es waren erhebende Momente. Wir Schreiner
hatten es wieder einmal geschafft.

In München angekommen gab es eine
Kurzunterweisung in die neue Technik.
Die war sehr einfach. Es gab nur einen Knopf.
Aus für aus. Ein für ein.
Jesus verabschiedete sich von seinem Meister.
Der Meister hielt die neue Zauberkraft in seinen
Händen.
Dieser Magie konnte er sich nur kurze Zeit
erwehren.
Er tat es.

Er drückte AUS.

Das Handy piepste ein letztes Mal.

Der Akku war leer.

Es dauerte Stunden, bis der Meister wieder in seiner Werkstatt ankam. Alles war still.

Er wunderte sich, denn eigentlich sollte morgen eine wichtige Produktion von neuen Werkzeugträgern ausgeliefert werden, die Maschinen müssten auf Hochtouren laufen.

Nichts geschah.

Die Tür war verriegelt. Die moderne automatische Türverriegelung war neu.

Er schaute durch ein Fenster in den abgedunkelten Raum und sah im Hintergrund seine Schreinerkollegen bei Kerzenlicht Skat spielen.

Er klopfte gegen die Tür, die Kollegen zuckten nur mit den Schultern.

Jetzt dämmerte es dem Meister, er hatte mit dem Aus-Knopf die Werkstatt abgeschaltet und die Kollegen eingeschlossen.

Den Akku musste der Meister beim Nachbarn aufladen.

Er betätigte den Ein-Knopf.

Die Maschinen liefen wieder, das Licht der Werkstatt ging an, und die Tür ließ sich wieder öffnen.

Die Vernetzung war ein voller Erfolg.
Einen Kommentar zu diesem Erfolg gab es von
dem Meister nicht.
Er allein wusste, worum es wirklich ging.
Er stand an einem Scheideweg.

Eine gewisse Befriedigung konnte sich der
Meister trotzdem nicht verkneifen. Ein Schreiner
stand wieder einmal in einem großen Kampf in
der ersten Reihe.

Auffallend war allerdings, dass sich die süßliche
Note beim Modergeruch verstärkt hatte.

Kalorienkampf

Jeder weiß, dass ein Schreiner in seiner Arbeit voll aufgeht.

Was Sie vielleicht nicht wissen, ist, dass dieser Satz durchaus wörtlich zu nehmen ist.

Es beginnt bereits bei Arbeitsbeginn mit zwei Tassen Kaffee mit Milch und zwei Stückchen Zucker und den Restkeksen vom Vortag. Zwei Stunden später schließt sich ein ausgiebiges Müslifrühstück mit einem frischen Apfel und einer Biobanane nahtlos an.

Vielleicht gibt es noch eine kleine Zulage aus der herumliegenden Haribopackung. Nicht viel, nur für den Geschmack.

Das anschließende Kundengespräch in freundlicher Atmosphäre mit Kaffee, Orangensaft und frischen Berlinern dient nicht nur der Auflockerung, sondern vor allem der Unterstützung der Gehirntätigkeit. Ein Schreiner will immer das Optimum für seinen Kunden geben.

Deshalb isst er gleich zwei Süßteile, während der Kunde sich eher zurückhaltend verhält. Daraus schließen Sie richtig, dass der Schreiner die Hauptlast im Denkprozess zu tragen hat.

Beim Mittagessen in gemeinsamer Runde achten Schreiner immer darauf, dass sie nicht zu kurz kommen. Es ist allerdings ein ungleicher Kampf, der hier stattfindet, weil der Ausgang von sozialisationsgesteuerten Instinkten vorherbestimmt ist. Wer als Einzelkind groß geworden ist, bedient sich hemmungslos aus dem großen Topf. Solch ein Verhalten wird von Geschwisterkindern sofort registriert. Bereits beim zweiten gemeinsamen Mittagessen hat immer ein Geschwisterkind die Schöpfkelle zuerst in der Hand. Auf diese Weise halten Geschwisterkinder die Einzelkinder in Schach. Ihr Augenmaß für eine gerechte Aufteilung ist hierbei bestechend. Die Letztgeborenen unter den Geschwisterkindern sind in der Regel die Allerschnellsten am großen Topf. Sie leiden an einem lebenslangen Handicap. Wer einmal die abgetragenen Klamotten der Älteren übernehmen musste, will wenigstens beim Essen nicht hinten anstehen und warten. Dass dabei immer eine halbe Schöpfkelle mehr auf dem Teller landet, ist ein gerechter Ausgleich für die erlittene Schmach der Zurückstellung in der Kindheit.

Der Meister kommt wegen seiner Kundengespräche meist zu spät zum Mittagstisch.

Deshalb sind die Einzelkinder immer vor ihm dran gewesen.

Das ist großes Pech. Oder auch Glück, denn die zwei zusätzlichen Süßteile wiegen schwer in seinem Magen.

Der Meister wird dadurch zum Resteverwerter. Gab es ein sehr leckeres Essen, fallen die Portionen kleiner aus, gab es ein mäßiges Essen, dann muss der Schreinermeister noch einmal tüchtig zulangen.

Der Umfang eines Schreinermeisters hängt also davon ab, wie gut die Kochkünste seiner Mitarbeiter sind.

‚Ich wurde immer dicker'!

Es sind diese schonungslosen Spiegelmomente, die zu radikalen Entscheidungen führen.

Jetzt hieß es: Abnehmen!

Für einen Schreinermeister ist das keine wirklich große Herausforderung, weil er an einer Sache, die er einmal begonnen hat, dranbleiben kann.
Ein Schreiner gibt nie auf.
Das ist ein großer Unterschied zur heutigen Jugend, die dieses Durchhalte-Gen nur sehr verkümmert ausgebildet hat.
Ich galt in Kollegenkreisen als leuchtendes Vorbild für diese disziplinierte Haltung. Wer bitte schafft es, zwanzig Jahre lang abzunehmen, ohne jemals aufzugeben?
Ich habe mir den Titel „Vorbild der Jugend" mit Recht verdient.

Wenn ein Schreinermeister etwas kann, dann ist es das Organisieren.
Für die nächsten vier Wochen wurde der dünnste Schreiner als Koch herausgedeutet. Er durfte die Portionen nach seinem Kalorienbedarf dosieren und dann die gewählte Portion mit der Anzahl der Mitarbeiter multiplizieren. Jeder bekam die gleiche Portion, streng überwacht, was dazu führte, dass selbst die Karotten genau abgezählt wurden. Von dieser logischen Vorgehensweise erhoffte ich mir in Kürze große Erfolge für die gesamte Mannschaft, die sich selbstverständlich mit mir in diesem Kampf solidarisierte.

Jeder wog sich zu Hause, bevor es losging. In vier Wochen wollten wir uns dann gemeinsam wiegen. Nicht früher, nicht später, wegen des gruppendynamischen Wir-Gefühls, das ich mir von dieser Gemeinschaftsaktion erhoffte.

Ich fühlte mich vom ersten Tag an gut. Ich hatte keinerlei Mangelgefühle, ich war satt und zufrieden mit meiner streng rationierten Portion. Manchmal verspürte ich sogar Glücksmomente. Es gab Steaks, es gab Würste, es gab Nudeln, Kartoffeln mit Quark, sogar eine Pizza war einmal mit dabei. Mein persönliches Highlight war der Schokoladenpudding zum Nachtisch. Unser dünner Mitarbeiter wurde jeden Morgen auf unserer Paketwaage gewogen. Die erfasste gerade mal seine 65 kg. Er war der Beweis, dass wir uns alle auf dem richtigen Weg befanden.

Die Kekse wurden reduziert, die Süßteile halbiert, der Zucker im Kaffee um einen Zuckerlöffel gekürzt.

Ab und zu bekamen wir mittags Besuch von Kollegen, die selbstverständlich immer ein paar Mandelstangen oder Ähnliches dabeihatten. Wir waren höflich, doch wir aßen diese Teile nur mit Widerwillen.

Wir hatten vier Wochen durchgehalten.

Dann kam der Tag der Wahrheit. Ich brachte meine Waage von zu Hause mit in die Werkstatt.

Der Wiegevorgang war eine sehr private Sache und fand einzeln in der Küche statt.

Seltsamerweise strahlte nicht ein einziger Mitarbeiter, der wieder aus der Küche herauskam.

Nur eisiges Schweigen.

Ich war zum Schluss dran.

Ich stellte mich auf die Waage und stutzte.

Danach schüttelte ich die Waage und probierte es noch einmal. Es gab keinen Zweifel, ich hatte in der kurzen Zeit zwei Kilo zugelegt.

Das Wir-Gefühl hatte ich erreicht. Wir waren gemeinsam dicker geworden.

Nur unser dünner Kollege nicht, er behielt exakt sein Gewicht von 65 Kilo, genau das Gewicht, das uns die Paketwaage täglich bestätigt hatte.

Wir schauten unseren Kollegen verwundert an.

Er schüttelte nur unverständlich den Kopf.

„Ich bin halt ein guter Verwerter, mein Arzt hat mir das immer wieder bestätigt. Außerdem bin ich ein Einzelkind. Einzelkinder brauchen immer etwas mehr. Und ich jogge seit vier Wochen, damit ich mich beim täglichen Wiegen nicht blamiere."

Reden Sie jetzt nicht von Niederlage.
Niederlagen sind für einen Schreinermeister
keine Niederlagen, sondern Aufforderungen.

Als Vorbild der Jugend versichere ich Ihnen:
„Mein Kampf geht weiter!"

Ein Kampf in Rom

Der Meister hatte längere Zeit nichts mehr von
Jesus gehört.
Nicht das Schweigen von Jesus beunruhigte ihn,
sondern die seltsamen Randnotizen in den
unterschiedlichsten Zeitschriften.

„Handwerker kämpft sich durch die Strömung
des Flusses und rettet zwei Kinder vor dem
Ertrinken."
„Mann stoppte beherzt die Autos, bevor der
Hang abrutschte."
„Alter Goldschatz unter einer verfallenen Kirche
von Handwerkern entdeckt."
„Ausgebüchste Würgeschlange von
Wandergeselle eingefangen."
„Schwerste Unwetter richten wie durch ein
Wunder nur kleine Schäden an."

Die Notizen häuften sich. Nach jedem Ereignis
steckte der Meister ein Fähnchen in die

Landkarte. Eine Spur der Verwüstung durch Wunder bahnte sich an.
Aus den Fähnchen ergab sich für den Meister eine klare Richtung.
Er wollte noch das nächste Wunder abwarten, dann musste er handeln.

„Jahrhundertwein in der Toskana erwartet."

Da war die Nachricht. Jetzt war dem Meister alles klar:
Jesus zog in Richtung Rom.
Der Meister musste versuchen, Jesus aufzuhalten, sonst könnte es sehr leicht zu einer Katastrophe kommen. Die Geschichte, wie Jesus die Wechsler aus dem Tempel peitschte, wird heute noch erzählt.
Und jetzt reden wir nicht mehr über harmlose Wechsler.
Wir reden über Kinderschänder in der katholischen Kirche, weltweit. Wir reden über dubioses Finanzgebaren in Teilbereichen der Kirche, von Investitionen in Rüstungsgüter, von Geldwäsche der Mafia bei heiligen Banken.
Wir reden über ein unvorstellbar großes Vermögen an Immobilien, das vor den Armen versteckt wird. Wir reden von Geldern, die nicht zu den Bedürftigen fließen, sondern in

Kapitalvermehrung, ähnlich wie in der wunderbaren Brotvermehrung, nur dass damals alle satt wurden und heute nur wenige.

Wir reden über alte Männer, die Frauen trotz Priestermangel vom Priesteramt abhalten. Wir reden von Werteverlusten und von abgehobener Frömmigkeit, nicht aber vom Glauben im Sinne der Liebe Jesus.

Wir Schreiner kennen unsere Verantwortung. Und genau das machte mir Sorgen. Jesus war Schreiner, und er war auf dem Vormarsch. Ich konnte nur hoffen, dass Jesus es nicht auf unseren neuen Papst abgesehen hatte. Das wäre nicht fair. Franziskus bekennt sich zur Bescheidenheit und zur Armut. Das ist genau die richtige Haltung für den Nachfahren eines Schreiners und selbstverständlich auch für einen Stellvertreter Christi auf Erden. Wer den Palast gegen ein Gartenhäuschen eintauscht, der steht auf der richtigen Seite. Wenn er jetzt noch seine Gartentür selbst ölt und die Scharniere selbst nachstellt, dann ist er goldrichtig.

Franziskus braucht von uns Schreinern Zuwendung und Verständnis. Er führt, wie wir, einen einsamen Kampf gegen geheimnisvolle dunkle Mächte.
Er bereitet sich vor. Der Kampf gegen die Armut hat bei ihm gerade erst begonnen.
Angela Merkel arbeitet schon zwölf Jahre lang an diesem Problem, und sie hat es immer noch nicht geschafft, eine Finanztransaktionssteuer zu etablieren.

Der Meister stand vor dem Vatikan und bat den Kommandanten der Schweizer Garde um Einlass.
„Ich bin auf der Suche nach Jesus", sprach der Meister.
Der Kommandant winkte einen Priester herbei, der sich sofort bereit erklärte, dem Meister bei der Suche nach Jesus behilflich zu sein.
Zuerst musste der Meister die Beichte ablegen, das scheint auf heiligem Boden Pflicht zu sein.
Der Priester wirkte ein wenig irritiert, als ihm der Meister sagte, dass er den Spuren von Jesus bis nach Rom gefolgt sei, und dass die Fähnchen ihm eindeutig sagten, dass sich Jesus im Vatikan aufhalten musste.
Sechs Vaterunser betrug seine Buße, drei mehr, als er mit Vorausbeten angesammelt hatte.

Das ließ nichts Gutes ahnen.

Klar war jedenfalls, dass Jesus im Vatikan bekannt war.

Er schüttelte dem Priester die Hand und sauste an allen Schweizer Gardisten vorbei, zielstrebig in Richtung Gartenhäuschen, dem Domizil des Papstes.

Er musste retten, was noch zu retten war.

Ein direktes Gespräch von Jesus zu seinem Stellvertreter könnte ungeahnte Folgen haben.

Wir wollen doch nicht, dass dieser Papst, wie sein Vorgänger, vor den Problemen davonrennt.

Die Gardisten hatten den Meister eingeholt und führten ihn in Handschellen ab.

Dieses Mal war es der Meister, der einen Anruf bei der Polizei erledigen durfte.

Er erreichte Jesus nach einigen Versuchen, allerdings in München, nicht in Rom.

Es dauerte vier Tage, bis Jesus schließlich auftauchte.

Und es dauerte noch einmal drei Tage, bis Jesus den Meister aus dem Gefängnis holen konnte.

Vor dem Gefängnis kam es zu einem Menschenauflauf. Das Papamobil stand vor der Tür.

Jesus und der Meister stiegen ein und wurden durch Rom chauffiert.

„Wie hast du das gemacht", fragte ich Jesus.
„Ich habe ein ernstes Wort mit meinem
Verwalter gesprochen", lachte Jesus.
„Früher bin ich auf einem Esel in Jerusalem
eingezogen und wurde mit Palmwedeln begrüßt,
heute wollte ich doch mal sehen, wie es sich
anfühlt, wenn man es geschafft hat."

Zwei überreife Tomaten klatschten an die
Scheibe des Papamobil.

Zuarbeiter

Die Begeisterung von Jesus muss ich ein klein wenig herunterfahren. Jesus hatte nicht direkt mit dem Papst über mich gesprochen. Jesus bevorzugt Umwege, wenn eine Situation besondere Eile erfordert.

Nach sieben Tagen Knast konnte mich diese chinesische Weisheit allerdings nicht überzeugen.
Hätte ein Auszubildender aus der Kfz-Werkstatt des Vatikans nicht den Auftrag erhalten, das Papamobil von der Werkstatt in die Waschanlage zu fahren, säße ich vermutlich immer noch im Gefängnis.
Zum Glück konnte der Azubi nicht widerstehen. So ein Papamobil fährt man nur einmal in seinem Leben. Auf seiner Spritztour durch Rom nahm er den Wanderburschen Jesus beim Trampen mit. Wenn zwei Handwerksburschen Gas geben, dann geht richtig was ab.

Jesus veranlasste einen Zwischenstopp vor dem Gefängnis.

Er stieg aus dem Papamobil aus und wurde sogleich als Abgesandter des Papstes empfangen.

Meiner Freilassung stand nichts mehr im Wege.

Kein Ankläger, kein Richter, so einfach war das.

Jesus unterschrieb die Rücknahme der Anzeige mit ‚Jesus' und verabschiedete sich mit einem Segen.

Ich ließ mich zum Bahnhof fahren. Ich wollte einfach nur noch nach Hause. Meine Gedanken spielten verrückt.

Ich, ein Schreiner, Opfer von Halluzinationen? Das konnte einfach nicht sein.

Es musste einen tieferen Sinn für mein Italienabenteuer geben.

Ich fasste die Ereignisse noch einmal zusammen.

„Hinweis auf Wunder, Italien, Fahrt mit einem Sonderfahrzeug, Gefängnis."

In der Regel fühlt sich ein normaler Mensch überfordert, wirre Gedanken in einen komplexen Zusammenhang zu stellen.

Ein Schreiner kann das.

Solche Problemlösungen sind sein Alltag, schließlich arbeitet er mit Architekten zusammen. Ein Schreiner verfügt über die Fähigkeit, Gedankenfetzen als Frage zu formulieren. So ergeben sich die Antworten oft wie von selbst.

Nach kurzer Meditation hatte ich die Lösung.

‚Ist es nicht ein Wunder, dass die Verantwortlichen, die mit Mafiamethoden ihre besonderen Dieselfahrzeuge manipuliert haben, vermutlich nie im Gefängnis landen werden?'

‚Wunder, Italien, Sonderfahrzeug, Gefängnis'.

Alles drin.

Das war doch nicht so schwer zu erraten, oder?

Daraus ergab sich für mich eine klare Botschaft.

Die Automobilbranche muss wieder ehrlich werden.

Sie braucht einen Schreiner, sie braucht mich.

Ich hatte einen Auftrag und dieser Auftrag kam von ganz oben.

Vermutlich hat sich Gott an meine ersten Kontaktversuche mit der Automobilbranche erinnert. Vor langer Zeit hatte ich in der Stadtbücherei eine naive Bleistiftzeichnung eines Zweisitzers mit Andocksystem angefertigt. Dieses Konzept war eine logische Folge aus meiner Strichliste, die ergab, dass 99 % aller

Fahrzeuge nur mit einer, höchstens zwei Personen besetzt waren.

Volkswagen erhielt diesen Vorschlag von mir als kostenloses Geschenk für das Volk.

VW bedankte sich. Sie hatten aber bereits andere Konzepte.

Ein paar Jahre später kam der Zweisitzer Smart auf den Markt, ähnlich meiner Bleistiftskizze, vor einiger Zeit zeigte Google ein Andocksystem für Fahrzeuge als neuen Umweltbeitrag.

Die Konzeption von VW ging wohl mehr in Richtung Softwareentwicklung, worin sie auch eine gewisse Perfektion erreicht haben. An ihrem Umweltgedanken müssen sie aber noch arbeiten, ohne Umschalthebel.

Ich vermute, dass mein Geschenk für das Volk den Ausschlag dafür gegeben hatte, dass ich der Auserwählte für diese schwierige Mission sein sollte.

Ein Schreiner, nicht korrumpierbar.

Wenn ein Schreiner sich als Zulieferer betätigen will, muss er zuerst die Strukturen, Hierarchien und Zusammenhänge der Branche verstehen. Er muss lernen, den Freund vom Feind zu unterscheiden.

In der Autoindustrie ist das sehr leicht.
Es gibt nur Feinde!
Die Autoindustrie gehört einer
Religionsgemeinschaft an, die sich Zertifizierer
nennt.
Auch ein Schreiner trifft manchmal auf diese
Sekte.
Er wird aber nur selten in diese Gemeinschaft
aufgenommen, da man sich in diese
Gemeinschaft einkaufen muss, ähnlich wie bei
den Scientologen oder bei den Ablasszahlungen
im Mittelalter. Erst nach dem Geldfluss wird der
Weg frei zu der himmlischen Gemeinschaft.
Die ISO-Zertifizierung ist eine Bibel mit
genauer Wegbeschreibung ins Paradies.
Die Zehn Gebote in der Bibel sind lächerlich
gegen die hunderttausend Anweisungen für
richtiges Handeln in einem ISO-Handbuch.

Ein Schreiner kann sich nicht mit dieser Fülle
von Anweisungen beschäftigen, er reduziert die
Vielheit auf das Wesentliche.
In einer Schreinerei gibt es eine klare, logische
Abfolge.
Es gibt den Kundenwunsch, den Plan, die
Umsetzung. Punkt!

Den Ablaufplan der einzelnen Arbeitsschritte hat der Meister im Kopf. Jeder Arbeitsschritt folgt einer Ablauflogik.
Solche Prinzipien sind universell anwendbar.

In der Autoindustrie funktioniert das ähnlich wie in einer Schreinerei, nur dass der Kopf ein Zentralhirn ist, das den Produktionsablauf auf Unterköpfe verteilt, die wiederum die Verteilung auf Seitenköpfe veranlassen, die ihre Nebenköpfe beauftragen, Wackelköpfe mit einzubeziehen. So entsteht eine lückenlose Liefer- und Produktionskette, die „just in time" arbeiten kann.
Es ist durchaus üblich, dass Nebenköpfe in Frankreich mit Seitenköpfen aus Mexiko oder sonst wo auf der Welt gemeinsam am gleichen Produkt arbeiten, während der Wasserkopf in Stuttgart Kaffee trinkt.
So ein verzweigtes System funktioniert durch entsprechende Qualitätsmanagementnormen, wie etwa der ISO 9010.
Beim Schreiner heißt das gleiche System ‚Werkerselbstprüfung'.

In einer Schreinerei ist es nur schwer möglich, ein einmal begonnenes Werk an einen Kollegen weiterzugeben. Das geht selten gut. Ein Kopf ist eine sehr intime Sache.

In der Autoindustrie ist das nicht so.

Köpfe sind austauschbar.

Was in der Autoindustrie nicht ausgetauscht werden kann, ist das Futter, die Daten für die Köpfe.

Ohne Futter ist die Autoindustrie verloren.

Mehr Futter steigert das Ansehen eines Mitarbeiters. Deshalb herrscht in dieser Branche ein ständiger Futterneid.

Ein Schreiner kennt keinen Futterneid. Er teilt seine Süßigkeiten immer mit seinen Kolleginnen und Kollegen. Bei ihm wächst der Bauch und nicht der Kopf.

In einer Informationsgesellschaft ist das Futter die Grundlage für das Geschäft. Ohne Geld und Glauben keine Zertifizierung, ohne Futterneid kein Vorankommen, ohne Futterkontrolle kein Vorstandsposten.

Das klingt für einen sozial eingestellten Schreiner erst einmal frustrierend.

Da ich mich aber auf einer himmlischen Mission befand, habe ich selbstverständlich nicht resigniert.

Ein Schreiner muss sich einfach nur an die Regeln seines eigenen Berufes halten, dann zeigen sich die richtigen Wege wie von selbst. Jeder Schreiner weiß, dass man zuerst den Boden aufbauen muss, bevor man den Deckel draufsetzen kann.

Den Schwachpunkt des Systems erkannte ich auf dem Boden, ganz unten, wo niemand mehr hingucken will, weil es dort nichts zu holen gibt. Die Unterköpfe, Seitenköpfe und Nebenköpfe sehen diesen Teil ihrer Produktionskette als eine Art Kloake an, in der sich die Wackelköpfe tummeln dürfen, eine Sorte von Blutegeln, die man füttern oder mit der Fliegenklatsche erledigen kann. Je nachdem, was gerade ansteht. Der Wasserkopf hat keine Ahnung, dass es so eine Kloake überhaupt gibt, weil sich dieser Graubereich außerhalb des Informationssystems des Unternehmens befindet.

Nebenköpfe installieren diese Betriebsbereiche im Verborgenen. In ihrer Außendarstellung erscheint die Leistung der Wackelköpfe als ihr eigenes Know-how. So präsentieren sie sich, so verkaufen sie sich.

Es wurde mir sehr bald klar, dass ein Schreiner ohne Zertifizierungsnachweis nur als Zulieferer

für einen Nebenkopf beginnen kann, als Wackelkopf.
Das hatte ich verstanden.
Jetzt fehlte mir nur noch eine exakte Ausrichtung, was ich gerne machen würde.

Ein Jugendlicher hat für diese Frage eine ganz klare Antwort: „Irgendwas mit Medien".
Für einen Schreiner ist die Antwort eigentlich auch klar: „Irgendwas mit Kleinserie".

Da kommen in der Automobilindustrie nur CNC-Fräsarbeiten für die Sonderausstattungen von Sondermodellen infrage.
Ich weiß genau, was Sie jetzt fragen werden.
„Und wie kommt man an so spezielle Aufträge heran?"
Nehmen Sie die Antwort nicht vorweg, das Wort „Niemals" gibt es für einen Schreiner nicht.
Wer in höherem Auftrag unterwegs ist, findet immer einen Weg, selbst wenn dieser Weg die Pfade des Teufels kreuzen sollte.
Fragen Sie einen Insider, wer in der Branche in Schwierigkeiten steckt.
Zeigen Sie mit Musteranfertigungen, dass Sie es besser können als Ihr Konkurrent. Überzeugen Sie mit Kreidestimme und einem Lopez-Preis, den keiner abschlagen kann.

Es lohnt sich, denn nichts duftet so köstlich wie die Leiche des Vorgängers.
Erst mit dieser Einstellung sind Sie in der Automobilbranche angekommen.

Ich habe einen französischen Zulieferer über die Klinge springen lassen, der seit einiger Zeit unzufrieden und unzuverlässig war. Ihm reichte es nicht mehr, dass er zwar Umsätze machte, aber keine Gewinne.
Meine Preise lagen weit unter seinen Preisen.
Ich war mit Pauken und Trompeten in der Automobilbranche angekommen.

Ich tröstete mich damit, dass Fehlkalkulationen bei Schreinern immer wieder vorkommen.
Unsere Kompensation in solchen Fällen heißt: Selbstausbeutung.
Das funktioniert immer. Fragen Sie einfach die geschiedenen Frauen der Schreiner.
In meinem besonderen Fall rechtfertigten meine höheren Ziele meine Dummheit.

Ich hatte Glück, dass mein Vorgänger und meine Nebenkopf-Auftraggeber Meister der Ausschussproduktion waren. Ich hatte ebenfalls Glück, dass ich mir vor zwei Jahren eine superteure Software gekauft hatte, die ich nach so langer Zeit endlich zum Einsatz bringen konnte. Mit dem Reservoir an Übungsteilen gelang es mir relativ zügig, das neue Material zu begreifen und zu erfühlen.

Wenn ein Schreinermeister mit seinem Material eins wird, gibt es kein Halten mehr.

Dann bringt er 100 Prozent, und er übernimmt für alles, was geschieht, die volle Verantwortung.

Nach kurzer Zeit erkannte ich die Feinheiten der Produktion. Ich erkannte die Schwachstellen, ich erkannte Qualitätsmängel, ich sah die Fehler und ich sah die Menschen.

Als Schreiner ist man gewohnt, dass man ständig Verbesserungen einführt.

Seltsamerweise wollte davon niemand etwas wissen.

Noch seltsamer war es, dass die Kontaktpersonen der Nebenköpfe ständig ausgetauscht wurden.

Die Unternehmerpraxis „Hire and Fire" kannte ich nicht. Als Schreiner ist mir nur das Prinzip vertraut: „Einmal Schreiner, immer Schreiner."

Meine Werkerselbstprüfung erreichte die optimale Ausbeute. Mangelhafte Laminierarbeit wurde zurückgegeben, fehlerhafte Stellen wurden nicht weiterbearbeitet, kleine Stückzahlen wurden wegen zu großem Aufwand

beim Ein- und Ausrüsten der Maschine zurückgestellt.
Es lief nicht viel, dieser Rest war aber effizient.

Hätten Sie gedacht, dass die Gewissenhaftigkeit durch die Werkerselbstprüfung eines Schreiners für einen Konzern zum Problem werden könnte?
Ich dachte eigentlich an eine Belohnung, nicht an einen Tadel.
Das Qualitätsmanagement dachte wohl eher an einen Tritt in den Hintern als an eine Belohnung.
Die Sollerfüllung wurde nicht erreicht. Und das geht nicht.
Bei Nichterfüllen der Vorgaben muss der Nebenkopf eine satte Konventionalstrafe bezahlen.
Da es uns Schreiner offiziell gar nicht gibt, haben wir mit diesen Dingen auch nichts zu tun.
Außerdem kann man niemand bestrafen, der seinen Job gut macht.

Natürlich hatte ich für meinen armen Nebenkopf großes Verständnis. Er wäre in kurzer Zeit ruiniert gewesen.
Das wäre schlecht für ihn, das wäre schlecht für mich, das wäre schlecht für den Konzern.
Also zeigte ich Gnade. Für einen Schreiner ist nichts schöner, als Gnade zu gewähren.

Ich war schließlich als Retter gekommen und nicht als Zerstörer.

Ich passte mich diesem Spiel an.

Das Spiel hieß: Liefern auf Teufel komm raus!

Für diesen Fall hat der Konzern und seine Köpfe eine Strategie der ‚sanften Unvollkommenheit' entwickelt, vermutlich in Anlehnung an die unfertigen Software-Programme der IT-Branche.

Bei Rückstand werden auch Teile geliefert, die in etwa der Norm entsprechen könnten.

„In etwa", Sie verstehen?

Für das „in etwa" kann es zu einer Rüge mit Nachfristauflage kommen, aber zu keiner Strafe, da die Qualität zwar nicht stimmt, aber ‚in etwa' doch, annähernd.

Wir haben alle gewonnen. Wir haben Zeit gewonnen.

Der Ablauf funktioniert wieder. Das System als solches ist gerettet. Alle sind glücklich, bis auf den Schreiner.

Ein Schreiner liefert immer hundert Prozent.

Solch ein Verhalten rüttelt an dem Selbstverständnis und dem Ehrgefühl eines Handwerkers.

Die Automobilbranche hatte Glück, dass ich mich auf einer Mission befand.

Sie werden jetzt einwenden, dass es im Ergebnis das Gleiche ist, ob das System funktioniert oder nicht funktioniert. Das Auto bleibt halbfertig auf dem Hof stehen.

Hier muss ich Ihnen sagen, dass Sie erst einmal die hunderttausend Anweisungen lesen sollten, bevor sie über Dinge reden, von denen Sie keine Ahnung haben.

Der Konzern war gewarnt. Ein Schreiner mischte mit.
Man wurde an höchster Stelle auf die Wackelköpfe in der Kloake aufmerksam.
Jetzt hieß die Parole für uns Schreiner:
„Untertauchen im Labyrinth der Nebenköpfe und unauffällig weitermachen."
Diese Gelegenheit wurde uns kurz darauf geboten.
Wenn ein Schreiner in seiner Arbeit versinken kann, dann verschwindet er als Person völlig. Er geht in seiner Arbeit auf. Spirituelle Menschen würden das als Form von Erleuchtung bezeichnen.

Jetzt ging es endlich richtig los.
Wir bekamen ein Karosserieteil aus Carbon zum Fräsen, was sich als absoluter Renner erwies.

Wir arbeiteten Tag und Nacht im Schichtbetrieb, wochenlang. Es gab keine Sonntage, keine Feiertage, es gab nur noch eins: Produktionssicherheit.

Wir Wackelköpfe leisteten unglaublich gute Arbeit, wir fühlten uns als Teil einer großen Maschinerie, wir fühlten, wie die Qualitätsmanagementnormen in unserem Blut durch unsere Adern flossen, wir waren das Öl im Getriebe eines großen Räderwerkes.

Wir waren Auto.

Nur ab und zu schaute der Schreiner in mir aus sich heraus. Es war der Teil des Schreiners, der die Abläufe mit kritischen Augen betrachten konnte, der Werkerselbstprüfer.

Was macht man mit einem Auto, das nur einen linken Scheinwerfer hat?

Niemand schien sich für die Frage zu interessieren, solange die Bestellungen beim Nebenkopf eintrafen. Vorproduktionen jedes beliebigen Teils galten als systemimmanent.

Viel später erfuhr der Schreiner, dass ein Provisionssystem an Bestellvorgänge gekoppelt war.

Viel später erfuhr er auch, dass einige Personen ausgetauscht wurden, die allzu eifrig bestellt hatten, der Provisionen wegen.
Das ISO-System konnte das Problem sofort lösen.
Es ersetzt.
Jeder ist ersetzbar.

Ich verstand immer mehr, wie wichtig meine Anwesenheit in der Automobilbranche war.
Ein Schreiner mit Ehrlichkeit im Herzen und Fähigkeiten in den Händen ist unersetzbar.
Ich selbst war der Unterschied.

Die Produktion meiner Lieblingsteile endete abrupt.
Ich hatte mit dieser ungewollten Aktion gut Geld verdient.
Das wiederum ärgerte den Nebenkopf. Er hätte diese Summe gerne selbst eingestrichen.
Er versuchte meine Betriebsabläufe zu kopieren, kaufte sich eine CNC, ließ sich die schwierigen Programme extern schreiben und behandelte mich dann als Wackelkopf in der Kloake. Er zückte die Fliegenklatsche und ich musste über die Klinge springen.

In diesem letzten Abschnitt liegt die Betonung auf „versuchte".

Ein Schreiner ist ein Spezialist. Wer glaubt, einen Spezialisten beliebig austauschen zu können, ist ein Idiot.

Ich meinerseits musste mir eingestehen, dass ich vielleicht doch keinen göttlichen Auftrag hatte, eine versaute, sterbende Branche zu retten. Vermutlich litt ich tatsächlich unter Halluzinationen. Vielleicht sollte ich einen Arzt aufsuchen oder einfach Urlaub in Italien machen. Da soll es um diese Jahreszeit sehr schön sein.

Kampf gegen böse Gedanken

Ich diagnostizierte mir ein Burnout und
verordnete mir Ruhe am Meer.
Seltsamerweise hat keiner meiner Kollegen
meiner gewagten Diagnose widersprochen.
Schreiner haben eben Manieren.
Bevor ich weiter nach Kalabrien fuhr, machte
ich einen Abstecher bei Jesus im Vatikan.
Der Schweizer Gardist an der Pforte machte eine
Miene, als würde er mich kennen.
Jesus wartete schon. Er war glücklich mich zu
sehen. Ich wurde dem Hauptmann der Garde als
Meister vorgestellt und bekam einen
Besucherausweis. Die nachdenklichen Blicke
des Gardisten verfolgten mich, bis wir um die
Ecke gebogen waren.
Die Restaurationsarbeiten von Jesus waren
Meisterwerke. Sein handwerkliches Geschick
entfaltete sich in diesen Detailarbeiten. Sein
2000 Jahre altes verborgenes Wissen war an
diesen alten Stücken wieder lebendig geworden.
Ein Schreiner vergisst nie, ich wusste es.

In diesem Bereich war er bereits ein Meister.

Jesus brachte mich ins Hotel. Ich fühlte mich nicht gut. Ich hatte Fieber.
Ich fiel erschöpft ins Bett.
Jesus setzte sich auf den Bettrand und reichte mir ein volles Wasserglas.
„Du musst viel trinken, Meister, in der Wüste ist es heiß."
Ich drehte mich zur Seite und dann verschwamm alles.
Es wurde heiß, sehr heiß. Ich befand mich mitten in einer Steinwüste.
Ich war allein.
Meine Ohren schmerzten, weil es keinerlei Geräusche gab. Keine Grillen, kein Vogel, keine Insekten, nichts, einfach nur Stille.
Auf einmal sah ich eine Person von Weitem auf mich zukommen. Ich erkannte Jesus an seinem Schreinerhut.
Er hatte seine 40 Tage Fastenzeit beendet und den Versuchungen des Teufels widerstanden.
Er nickte mir zu und verschwand.

Ich hatte Durst. Ich rief nach Jesus.
Jesus antwortete nicht. Eine andere Gestalt tauchte auf. Es war der leibhaftige Teufel.

Sie werden mich jetzt sicher fragen, wie der Leibhaftige denn ausgesehen hat.

Eigentlich ganz normal, dunkler Anzug und Krawatte, eben stinknormal, wie Industriebosse nun mal aussehen.

„Arbeite für mich, werde mein verlängerter Arm, verlasse deine Werkstatt, meine Sensoren sind überall beim Kunden. Ich spüre den Service, bevor der Kunde davon etwas weiß, ich bin der neue Gott, bete mich an und du erhältst Wasser."

„Nein", schrie ich.

Der Teufel ließ nicht locker.

„Ich zerstöre, ich baue auf. Ich säe Sturm und ich schicke meine eigene Handwerkstruppe in das Chaos. Mein Versicherungskonzern beschäftigt jetzt schon 1500 Handwerker. Du sollst von nun an für mich arbeiten und mich anbeten. Dafür erhältst du Wasser.

„Nein", wehrte ich mich, „ich will nicht!"

Die Nacht brach herein, es wurde kühler. Der Teufel war verschwunden.

Ich zitterte am ganzen Körper. Mir war eiskalt.

Erst als die Sonne aufging, entspannte ich mich etwas.

Mein unerträgliches Durstgefühl war wieder da.

Dann wurde es wieder richtig heiß.
Ein Mann mit schwarzem Rollkragenpullover
und einem Laptop in der Hand tauchte auf.
„Ich bin Deine Plattform, ich bin Deine Zukunft.
Arbeite für mich. Werde mein Diener. Dann
erhältst du Wasser."
Ich hatte Durst, und fragte nach, was er mir zu
bieten hatte.
„Ich entlaste dich, du bist nicht mehr
verantwortlich gegenüber dem Kunden, du
machst einfach, was ich dir sage. Du bist der
neue Handwerker-Arbeiter.
Ich bin der Freund des Kunden, sein
Ansprechpartner, sein Leben lang. Ich bin für
ihn da, wenn er mich braucht. Ich bin da, wenn
er heiratet, ich bin da, wenn Kinder kommen,
ich bin da, wenn er geschieden wird. Ich ziehe
mit ihm um, weil ich in jeder Stadt vertreten bin,
ich entlaste ihn sein Leben lang. Ich koordiniere
und löse alle Probleme für meinen Kunden.
Ich bin sein digitaler Partner.
Und du bist frei.
Wenn du für mich arbeitest, musst du dich um
nichts mehr kümmern. Und du hast Wasser, so
viel du willst."

Ich wurde nachdenklich. So eine
Kundenbindung hatte ich noch nie erreicht,

selbst in meinen besten Tagen nicht. Es gab Unterschiede. Ich kannte die Kunden noch persönlich. Der Laptopmann kennt nur Daten. Aber will der Kunde den persönlichen Bezug überhaupt noch?

„Und wie steht es mit der Qualität?", versuchte ich meine Position zu retten.
„Die verschwimmt. Viele Tätigkeiten können von Hilfskräften ausgeführt werden, die ich mir als Spezialisten in Teilbereichen heranziehen werde. Selbst Laien lassen sich in mein System gut integrieren. Der Teufel ist klug und deshalb kein Rosinenpicker. Jede Seele ist mir lieb, solange sie billig zu haben ist."

„Nein", schrie ich, ich bin ein freier Handwerker, ich bin nicht käuflich." Den Nachsatz „außer für sehr viel Geld" habe ich verschämt heruntergeschluckt.

Die Nacht brach herein. Ich war wieder allein.

Am nächsten Morgen hatte ich schon früh Besuch.
Ich fragte mich, weshalb der Teufel bei dieser Hitze immer in dunklem Outfit auftauchte. Das erschien mir äußerst verdächtig. Jeder weiß

doch, dass man auf Schwarz den Dreck
besonders deutlich sieht. Ich sah aber kein
Staubkörnchen auf seiner Kleidung.
Wieso macht sich der Teufel nie die Klamotten
und schon gar nicht die Hände schmutzig? Und
wieso stinken wir Arbeiter und Handwerker
immer nach Dreck und Schweiß?

Ich hatte Durst und wollte mich nicht lange mit
Belanglosigkeiten aufhalten.
„Wie ist dein Angebot?", fragte ich ungeduldig.
„Ich arbeite für dich und du lehnst dich ganz
entspannt zurück", fing er an.
Das war neu. Ich wartete auf den Haken.
„Du bestellst, ich liefere, du baust ein."
Ich wagte einen kleinen Protest.
„Ich bin Handwerker, Gestalter, Berater,
Betreuer, Unternehmer. Was ist, wenn der
Kunde direkt bei dir bestellt?"
„Ich liefere direkt zum Kunden, der Kunde baut
ein. Schafft er es nicht allein, schicke ich dich
zur Unterstützung."
Ich dachte nach.
„Dann bin ich aber kein Handwerker mehr,
sondern nur noch Kursleiter an einer
Volkshochschule."
„Nein", meinte der Teufel, „Du bist mein
Handwerker-Arbeiter und Wasserträger."

Ich hatte genug.

Ich hatte einfach keinen Durst mehr.

Seltsamerweise war der Teufel danach
verschwunden.

Jesus saß an meinem Bett und lächelte, als ich
aufwachte. Er reichte mir ein Glas Wasser und
einen heißen Tee.

Ich war fieberfrei.

Jesus lächelte mir immer noch zu. Ich hatte das
Gefühl, dass er wusste, was für eine Begegnung
ich während meines Fieberanfalls hatte.

Ich fragte ihn direkt: „Ist das das Ende von uns
Handwerkern?"

Jesus antwortete kurz und knapp: „Ja!"

„Wie kannst du so etwas sagen, du bist doch ein
richtiger Schreiner geworden und hast dich
sogar als Wandergeselle auf die Walz begeben."

Jesus lachte. „Das ist Folklore. Folklore wird es
immer geben."

Ich wurde nachdenklich.

Ich kannte Jesus. Er sprach gerne in Rätseln und
Gleichnissen.

Wo aber steckte in einem einfachen „Ja" ein
Rätsel?

Ich kam nicht drauf.

Langsam wurde ich ungeduldig und forderte ihn auf, Klartext zu sprechen.

„Meister", sprach er, „wir Schreiner schaffen es nicht einmal, uns darüber zu verständigen, dass man Angebote nur noch gegen Bezahlung macht. Kunden verlangen von fünf Schreinern Angebote. Vier machen die langwierige Angebotstätigkeit umsonst und einer bekommt den Auftrag. Und dieser eine ist der eigentliche Verlierer, er arbeitet für den billigsten Preis, für einen Hungerlohn.
Wir arbeiten gegeneinander und beuten uns selbst aus.
Handwerker-Arbeiter sind wir doch schon lange. Wir gieren danach, im Takt der Maschine atmen zu dürfen. Wir lieben Serien. Wir lieben Fabrikarbeit.
Handwerkerfreiheit und Handwerksehre sind Begriffe, die ein Meister erfunden hat, um sich besser verkaufen zu können.
Ein Geselle ist seit dem Mittelalter immer schon ein ausgebeuteter Handwerker gewesen, ein Handwerker-Arbeiter.
Den Konkurrenten versuchte ein Meister von jeher zu vertreiben.

Die Regel, dass ein Wanderbursche nicht in die
Nähe des Altmeisters kommen durfte, hat darin
ihre Gründe.
Heute heißt das Tradition.

In Wahrheit ist das Handwerk ein asozialer,
unsolidarischer Misthaufen, voll von Egoisten,
die für Aufträge auch Bündnisse mit dem Teufel
eingehen.
Handwerker haben nicht begriffen, dass sie in
einer vernetzten Welt als selbstständige
Lebewesen aussterben werden, ähnlich wie die
Dinosaurier.
Sie befinden sich bereits hinter den Gittern eines
Zoos und machen dort den Affen für
Architekten und für Superreiche, die sich gerne
mit einer exotischen Spezies umgeben."

Ich war schockiert. Sein „Ja" war also
tatsächlich ein „Ja".

„Und weshalb, Jesus, hast du dann den
Schreinerberuf gelernt?"
Die Antwort kam ebenfalls prompt.
„Weil es der schönste Beruf auf der Welt ist."
Ich ließ nicht locker.
„Gibt es für uns überhaupt keine Hoffnung
mehr?"

Jesus dachte lange nach.

Er wiegte seinen Kopf hin und her und brachte dann ein zögerliches „Vielleicht" hervor.

„Und", drängte ich.

Eine passende Antwort fiel ihm sichtlich schwer.

„Die Handwerker müssten lernen, auf dem Kopf zu gehen."

„Handwerker müssten sich solidarisieren und gemeinsame Plattformen bilden. Handwerker müssten ihre eigene Industrie aufbauen, die in ihrem Auftrag arbeitet, nicht umgekehrt.

Wenn es eine Schnarchnasenfirma wie die Post schafft, Elektroautos zu bauen, dann müssten Handwerker in der Lage sein, eine ganze Welt zu gestalten. Handwerker müssen sich Verbündete suchen, auf dem Kapitalmarkt, in der Politik.

Handwerker müssen sich untereinander und zum Kunden hin vernetzen.

Handwerker müssen vor allem dem Teufel von der Schippe springen und anfangen zu kämpfen. Zerschlagen, verweigern, boykottieren.

Das sind Begriffe, die ein Handwerker nicht kennt.

Arbeiter schon, jedenfalls die Arbeiter aus früheren Zeiten, nicht diese Warmduscher von heute.

Handwerker müssen über eine zentrale Handwerkerplattform den Einkauf regulieren. Oder, um die Gedanken von Reinhold Würth aufzunehmen: ‚Im Einkauf liegt der Gewinn.' Ob er sich darüber freuen würde, dass seine Erkenntnisse zur Verhandlungsgrundlage der Handwerker werden könnten, sei einmal dahingestellt.

Handwerker müssen eigene Regeln für Bauvergaben von Architekten aufstellen.

Handwerker müssen vor allem eins: Sie müssen anfangen zu diskutieren.

Schaltstelle der Diskussion könnte die Handwerkskammer werden, deren Spitzen von einem Handwerkerkollektiv abgelöst werden muss. Wir brauchen keine Berufsquatscher, wir brauchen Macher und Visionäre, die Diskussionen aus unseren neuen Plattformen umsetzen können.

Wir brauchen eine Handwerkskammer, die wie eine Gewerkschaft aktiv ist und die Handwerkerschaft mobilisieren kann. Wir müssen unsere Macht demonstrieren. Wir müssen zeigen, dass wir die tragende Säule in diesem Land sind. Wir sind die Systemrelevanten, nicht Banken, nicht die Autoindustrie. Selbst die Forstwirtschaft beschäftigt mehr Mitarbeiter als die Autoindustrie.

Handwerker müssen die Diskussion um Mindestrente angehen. Wir arbeiten uns für diese Gesellschaft kaputt und werden im Alter zu Sozialfällen.

Das ist eine bodenlose Ungerechtigkeit.

Es muss aufhören, dass ein paar Prozent der Bevölkerung die Hälfte von unserem Land besitzt.

Wir müssen die Politik bewegen oder selbst Politik machen.

Wir sind die Handwerker! Wir sind das Volk! Wir sind die Macher! Jedenfalls im Moment noch.

Und wir sind mächtiger, als manch einer glaubt."

Jesus redete sich in Rage. Ich konnte ihn kaum noch bremsen.

„Jesus, du redest so, als müssten die Handwerker die Welt übernehmen."

„So ist es", sprach Jesus, „oder ein Herr Google oder eine Frau Amazon übernimmt Euch!"

Ich stolperte aus dem Bett und konnte mich gerade noch an Jesus festhalten. Dabei habe ich ihm wohl den Ohrring heruntergerissen. Von nun an war Jesus ein Schlitzohr.

Es rumpelt im Paradies

Der Ohrring war ab, der Hut lag in der Ecke, die
Stimmung war am Boden.
Ich kam ohne Umschweife zur Sache.
„Jesus, du wirst mein Nachfolger. Ich höre auf!"
Jesus starrte mich überrascht an und sagte
nichts.
„Kein Wort! Du machst das, du bist soweit!
Nur aufrechte, klar denkende Typen wie du
können die Karre noch aus dem Dreck ziehen,
ich bin zu alt für diesen Scheiß."
Jesus sagte immer noch nichts.
„Du kehrst zurück nach Eppelheim und fängst
sofort an, den Laden zu übernehmen. Ich lege
mich an den Strand und warte."
„Und worauf willst du warten, Meister?"
„Auf das Paradies, selbstverständlich",
antwortete ich genervt.
Diese Antwort machte Jesus sehr traurig. Eine
Werkstatt ohne seinen Meister?
Unvorstellbar.

„Meister", sprach Jesus, „Du warst immer gut zu mir, dafür sollst du ein Geschenk erhalten, das noch nie zuvor ein Mensch erhalten hat."
Es folgte eine schöpferische Pause.
Und dann kamen die Fanfaren und der Paukenschlag.

„Ich schenke dir einen Rundgang durch das Paradies."
Ich schaute verdutzt hoch: „O.K., gehen wir."

Ich habe keine Ahnung, was passiert ist.
Ich war einfach da. Ich stand vor dem Paradies.
Der wunderschöne Kirschbaum am Wegesrand empfing mich und winkte mir zu.
Seine prallen Früchte erstrahlten in leuchtendem Rot und luden mich zu einer Versuchung ein.
Ich ging zielstrebig zu einem großen weißen Gebäude. Ich war mir sicher, dass dort der Eingang zum Paradies sein musste.
Die Pforte war weit geöffnet.
An der Pforte empfing mich der heilige Andreas mit seinem großen Bart.
Es war der heilige Andreas, nicht Petrus, glauben Sie mir einfach.
Man war auf meine Ankunft vorbereitet und hatte mir den kundigsten Führer des Paradieses zur Seite gestellt.

Er empfing mich sehr herzlich. Wir duzten uns sofort. Ich durfte mir den „Heiligen" ersparen. Das ist der Vorteil, wenn man den Chef persönlich kennt.

Kaum waren wir ein paar Meter gegangen, da sah ich sie.

Ich musste zweimal hinschauen, es gab keinen Zweifel, sie war es.

Eine CNC 5-Achs SCM mit Sonderausstattungen vom Feinsten und den besten Programmen in diesem Universum, daneben eine kleinere Biesse, die sich gerade an einem neuen Geschwindigkeitsrekord versuchte.

Im Hintergrund erkannte ich eine niedliche Kombisäge und einen süßen kleinen Spielzeughobel österreichischer Bauart, eine Kantenanleimmaschine mit Fügeaggregat aus Spanien, eine Zentralabsaugung mit deutschem Qualitätssiegel und jede Menge Hobelbänke von Ulmia.

Das Highlight stand mir aber noch bevor.

Ich konnte es riechen. Es roch nach Paradies. Kaffee!

Der heilige Jo war gerade mit dem Entkalken der ‚Unbeschreiblichen' beschäftigt.

Er strahlte über das ganze Gesicht. Man sah, dass er ein glücklicher Engel war.

Andreas schob mich weiter.

„Jo hat mal wieder eine Idee. Die hat er immer, wenn er an der Kaffeemaschine steht, wir wollen ihn nicht weiter stören."

Vor uns huschte ein leuchtendes Etwas vorbei.

Andreas klärte mich auf: „Das war eine Elfe, die fleißige Heike, sie bringt Farbe und Frohsinn ins Paradies."

Ich winkte ihr kurz zu, bevor sie im Lackraum verschwunden war.

Mir wurde warm ums Herz.

Das Paradies leuchtete.

„Das kommt alles vom roten Erik", sagte Andreas. „er erzeugt Licht und Wärme und sorgt für ständige Erleuchtung. Er öffnet neue Pfade und Wege und sorgt für neue Verbindungen. Das Paradies ist gewaltig groß."

Ein Wikinger, als Entdecker neuer Verbindungen, klang irgendwie einleuchtend.

Wir kamen an einen Ort, an dem es einen gewaltigen Schlag tat.

„Die Jungfrau von Orléans", lachte Andreas, „ohne Kampfgetöse geht bei ihr gar nichts."

Der Meister lachte nicht.

Er schrie Jeanne D'Arc an:

„Johanna, mach gefälligst die Haube herunter, wenn du an der Säge stehst. Und wechsle zuerst

einmal das Sägeblatt. Mit diesem Ding willst du doch wohl kein Massivholz zuschneiden?"
Jeanne D'Arc war sauer. Der heilige Andreas war irritiert.
„Wo hast du denn wieder die neuen Sägeblätter gebunkert", bekam jetzt Andreas sein Fett ab.
„Und du solltest Deine Zeit nicht mit Rumstehen an einer Kaffeemaschine verschwenden. Wir haben auch im Paradies einen Auftrag zu erfüllen. Fantasien kannst du nach Feierabend ausleben." Der heilige Jo wusste, wen der Meister damit gemeint hatte.

Die Elfe ließ sich erst gar nicht mehr blicken, und der rote Erik suchte sich schnell einen neuen Pfad, den er noch nicht kannte.

Es rumpelte im Paradies.

Irgendwie schaffte es der heilige Andreas, den Gast zum Ausgang zu schieben.

Der Meister kam an dem Kirschbaum vorbei. Er schaute sich um und fand den verdammten Apfelbaum nicht.
Also begnügte er sich mit einer dicken, dunkelroten Kirsche, die er eh viel lieber mochte als saure Äpfel.

Das Wunder mit den Früchten funktionierte.
Kaum hatte Jesus die Kirsche im Mund, flog er
im hohen Bogen aus dem Paradies.
Er schaute sich um und erkannte sein
Hotelzimmer.
Die Kirsche schmeckte sauer. Er spuckte den
Kirschkern aus.
„Das war das Paradies?" fragte ich Jesus
ungläubig.
„Das war Dein Paradies", lautete die Antwort.
Der Meister dachte nach.
„Du meinst, ich brauche das alles, um glücklich
zu sein?"
Jesus lächelte nur.
Der Meister klopfte Jesus auf die Schulter:
„Komm, wir fahren nach Hause."

Wortgefechte

Die Mutter des Schreinermeisters war in einem Pflegeheim untergebracht.
Zu ihrem 88. Geburtstag sollten ihre Mitbewohner und das Pflegepersonal mit Sekt und Mohrenköpfen bewirtet werden.
So war ihr Wunsch.
Das war eine gute Idee, fand der Meister.
Der Meister machte sich auf und ging in seinen Supermarkt direkt hinter seiner Schreinerei.
Er durchstöberte die Süßigkeitenregale und fand nichts.
Er rief zur Kassenbesetzung: „Wo sind denn die Mohrenköpfe?"
Eine Frau des Servicepersonals tauchte hinter den Regalen auf und stellte sich demonstrativ in Kampfpose vor unseren Meister. Sie hatte eine sehr dunkle Hautfarbe, sehr dunkel, fast schwarz.
Der Meister wurde unsicher und suchte stotternd nach einem Ausweg. „Ich hätte gerne einen Negerkuss."

Klatsch, machte es. Diese Ohrfeige saß.
Der Meister hatte echte Schuldgefühle, als er erneut ansetzte.

„Ich wollte doch nur so ein Glockending aus Schaum mit Maximalpigmentierung."
Das klang wenig überzeugend.

„Rassist", zischte eine herbeigeeilte Weststadtlady mit Füllhornambiente. Sie zog ihr handgestricktes Strickwestchen gerade und brachte ihre Birkenstockschuhe in Trittposition. Der Meister sah ganz unten in dem Regal seine Maximalküsschen liegen und griff eilig zu. Er dachte, damit könnte er die Situation bereinigen. Diese überhastete Aktion sollte sich rächen, denn fünf Kisten mit Maximal-Dicken waren zu viel auf einmal. Alle Boxen fielen auf den Boden. Eine Kiste öffnete sich dabei. Der Meister schnappte sich die Süßigkeitsbox und holte sich einen von den dicken Schwarzen aus der Kiste heraus. Er deutete auf das Corpus Delicti, hob es in die Höhe und biss dann beherzt hinein. Die beiden Damen fühlten sich noch mehr provoziert.

Nur das kleine Mädchen nicht, das auf einmal vor ihm stand und mit großen Augen auf den Mampf starrte. Der Meister lächelte dem Mädchen zu. Er konnte nicht anders. Die Kleine bekam auch einen Mampf aus der Kiste.

Das hätte er nicht tun dürfen.

Aus dem Hintergrund hörte man schon die Schreie eines Mannes: „Was machen Sie mit meiner Tochter? Wenn Sie nicht sofort ihre Griffel von meiner Tochter nehmen, breche ich Ihnen alle Knochen!"

Der Meister war zutiefst erschrocken über seinen Irrtum. „Ich habe gedacht, die Kleine ist die Tochter der netten Dame hier…"

Weiter kam er nicht. „Nett" hätte er wohl nicht sagen dürfen. Er verspürte einen heftigen Stoß gegen die Stahlkappen seiner Sicherheitsschuhe. Vermutlich waren die Birkenstöckler aktiv geworden.

Der Meister und die Lady waren gleichermaßen von den Gesetzen der Physik überrascht.

Zwei entgegenwirkende Kräfte gleicher Stärke neutralisieren sich.

Und am Ende gilt: Wo ein Ding ist, kann kein anderes sein.

Der Meister schien gerettet, wäre da nicht zum Schluss die Strafpredigt der Füllhorndame gewesen, dass er soeben mit seiner Zuckerbombe ein Kind vergiftete hatte.

Der Meister schluckte schwer. Er stand im Begriff, ein ganzes Altenheim auszurotten.

Unsicher und verschämt verdrückte sich der Meister in Richtung Kasse.
Den Sekt hatte er völlig vergessen.

An der Kasse schauten ihn die Menschen strafend an.
Er wollte seinen Fehler wiedergutmachen und gewährte zwei Frauen, die schwer zu tragen hatten, den Vortritt in der Reihe.
Die Ältere von beiden lehnte zornig ab. Sie faselte etwas von Altersdiskriminierung.
Die jüngere Frau flippte total aus, als der Meister sie mit einem lächelnden Blick und einer freundlichen Handbewegung darauf aufmerksam machte, dass er mit seiner Geste der Höflichkeit sie ebenfalls gemeint hatte.
„Mich kannst du nicht anmachen! Außerdem bin ich Gender, Dreckskerl."
Dem Meister fehlten die Worte, und er musste ernsthaft überlegen, was denn bitte eine Person mit der die das Gender-Identität ihm damit sagen wollte.

Der Meister zahlte und verließ fluchtartig den Laden. An der Glastür wäre er beinahe mit einer halb verschleierten Frau zusammengestoßen. Ihr fielen vor Schreck die Äpfel aus der Hand. Der

Meister entschuldigte sich und reichte einen der heruntergefallenen Äpfel der Frau zurück.

Die Frau bedankte sich mit einer kleinen Verbeugung. Trotz dieser Geste der Höflichkeit war die Katastrophe nicht aufzuhalten. Aus einem schwarzen BMW heraus sausten zwei bärtige junge Männer auf den Meister zu und beschimpften ihn als Nazi.

Der Meister hatte zwar Verständnis dafür, dass das Reichen eines Apfels missverstanden werden konnte, da man mit solch einer Geste bereits ganze Paradiese in Unordnung gebracht hatte, aber dass er nur aufgrund seiner Glatze als Nazi beschimpft wurde, fand er nicht in Ordnung.

Der Meister gab zu verstehen, dass ihm sein Versehen leid tat, und er gab auch zu verstehen, dass er Türken als willkommene Gäste betrachtete.

„Wir sind Deutsche, du Penner. Nur unser Präsident ist Türke."

Ich entschuldigte mich noch einmal und dankte den Verteidigern der Frau für ihr Verständnis.

Ich kam mit einem Schubser und ohne Klatsche davon.

Viele unserer deutschen Mitbürger mit Migrationshintergrund mögen es, wenn man sich entschuldigt. Das hat irgendwas mit Ehre und Respekt zu tun.

Schade, dass sie nicht wissen, dass Schreiner jeden Menschen respektvoll behandeln. Das hat irgendetwas mit Selbstverständlichkeit, Toleranz und demokratischem Verständnis zu tun.

Der Rollstuhlfahrer vor der Bäckerei hatte Probleme mit der Bremse. Ich legte meine Schaumköpfe auf den Boden und wollte ihm als gestandener Handwerker helfen.

„Mein Freund ist auch behindert, ich kenne mich mit diesem Gefährt aus", versuchte ich die Situation aufzulockern.

„Ich bin kein Krüppel, ich bin ein Inklusionskind mit Rechten. Ich verdiene Respekt!"

„Der auch", dachte ich nur. Ich verbeugte mich höflich, zollte ihm Respekt und kümmerte mich nicht weiter um die Bremse.

Vom gegenüberliegenden Aldi kam mir ein Mann aus Afrika entgegen.

Fragen Sie mich nicht, woher ich wusste, dass er aus Afrika war.

Ich kannte ihn vom Sehen. Er und seine Kollegen aus dem Asylantenwohnheim versorgten sich mehrmals in der Woche mit Hochprozentigem.

Wenn schon keine Arbeit, dann wenigstens Party.

Ich verstand diese Frustrationslogik.

Ich grüßte höflich und fragte ihn, woher er käme.

Mein Gruß wurde erwidert, die Frage nach seiner Herkunft fand er allerdings rassistisch.

„Warum fragen mich Menschen immer, woher ich komme? Das liegt doch nur daran, dass ich schwarz bin."

Ich widersprach ihm vehement: „Du bist nicht schwarz, du bist Schwarzafrikaner."

Damit waren wir beide zufrieden.

Ich wünschte ihm einen schönen Tag mit meinen Steuergeldern.

Ich verschwand in meine Werkstatt und trank erst mal einen Kaffee und verschlang fünf Schokodinger auf einmal. Meine Gier rettete fünf alten Menschen das Leben.

Ich konnte es nicht mehr wegstellen. Ich hatte ein ernsthaftes Problem.

Ich war noch nicht einmal in der Lage, ein einfaches Inserat über die Vergabe einer Ausbildungsstelle in einer Zeitung aufzugeben, ohne dass sich irgendjemand auf den Schlips getreten fühlte.

Ich wusste mir nicht mehr zu helfen. Ich übergab Jesus diese schwierige Aufgabe.

Jesus durchdachte meine Probleme und versprach mir, dass er eine Anzeige aufsetzen würde, die allen Menschen gerecht wird.
Es dauerte einen ganzen Tag.
Völlig übermüdet überreichte mir Jesus am Abend sein versprochenes Werk.
Darin stand:
Biete Ausbildungsplatz für schwarzafrikanische Jüdin mit hinduistischen Wurzeln und Inklusionshintergrund, Alter bis 60 Jahre kein Problem.

„Meister, mit dieser Anzeige zeigst du, dass es bei dir keine Vorurteile gibt. Du kannst damit beweisen, dass Schreiner die tolerantesten Menschen auf diesem Erdenball sind."

Ich war baff.
Ich musste allerdings nachfragen:
„Wieso hinduistische Wurzeln und keine muslimischen oder buddhistischen?"
Die Antwort kam prompt, was mir zeigte, dass er das Problem bis ins letzte Detail durchdacht hatte.

„Die einen sind immer gleich beleidigt, den anderen ist alles egal. Beides möchte ich nicht."
Ich zweifelte, ob sich auf diese Anzeige auch nur eine Person melden würde.

Ich hatte mich getäuscht. Es meldeten sich unzählige Menschen.
Ausschließlich beleidigte Männer.
Ja, wenn sich Männer ausgeschlossen fühlen, dann können sie sehr sensibel reagieren, und sie sind in der Lage, ihren Gefühlen freien Lauf zu lassen:

„Diskriminierendes Arschloch! "

Generationenkonflikte

Die Kunst des Handwerks wird traditionsgemäß vom Meister an seinen Schüler weitergegeben. Erweist sich ein Schüler als besonders begabt und offen für Größeres, führt ihn sein Meister in dosierten Schritten an die verborgenen Geheimnisse der Handwerkskunst heran. Erst nach jahrelanger Übung und Hingabe an sein Werk erreicht ein Schüler das Stadium, in dem er die Seele eines Kunstwerkes spüren kann. Das ist die Vorstufe zur großen Handwerkskunst. Bis zur Meisterschaft folgt dann nochmals ein langer Weg, bis sich die Seele des Anwärters mit der Seele des Werkes vereinen kann.

Jesus war da ganz anderer Meinung.
Während seiner Ausbildung zum Schreiner hat er mich immer wieder darauf hingewiesen, dass ein wahrer Meister ein Meister ist, der ständig von seinem Schüler lernt.

„Traditionen dürfen nicht zum Dogma werden",
war einer seiner Standardsätze.

Dieser Satz blieb bei mir hängen.

Ich weiß nicht wieso.

Jesus wurde von mir in traditioneller Weise
ausgebildet. Bei ihm machte ich keine
Kompromisse. Und er ist ein guter Schreiner
geworden.

An seinem Satz kam ich aber trotzdem nicht
vorbei.

Dieser Satz brachte bei mir ein Gefühl in
Schwingung, dass ich vielleicht doch noch nicht
den letzten Schritt zur Vollkommenheit als
Meister gegangen war.

Meine Anzeigenkampagne war ein Reinfall
gewesen.

Die Jugend schien kein Interesse am Handwerk
zu haben.

Ich konnte mir nicht erklären, weshalb das
Handwerk auf einmal keinen Reiz oder
Faszination mehr ausübte. Vor ein paar Jahren
gab es wenigstens noch ein paar Neugierige, die
auf der „Kreativ-in-Holz-Tour" waren. Selbst
diese Baum-Umarmer blieben jetzt dem
Handwerk fern.

Ich musste mich ernsthaft fragen, ob das
Handwerk noch den Bedürfnissen unserer
jungen Menschen von heute gerecht wird.

Ich grübelte.
Dann kam der Anruf meines Bankberaters.
Er suchte für seinen Sohn eine Schreinerei für
die Restlehrzeit von einem Jahr. Der Kleine
hatte Probleme mit seinem Meister gehabt.
Diesen dringlichen Wunsch eines besorgten
Vaters konnte ich einfach nicht abschlagen.
Der Kleine sollte sofort am nächsten Tag ein
Kurzpraktikum ablegen.

Ihre Frage, ob eine Kreditverlängerung anstand,
finde ich in diesem Zusammenhang nicht
komisch!

Für mich ergab sich eine wunderbare
Gelegenheit.
Einzig das hatte Bedeutung.
Ich konnte mich auf ein großes Experiment
einlassen, ich durfte von meinem Schüler lernen.

Am nächsten Tag kam mein neuer Schüler nicht.
Er hatte Bauchschmerzen.
Ich wünschte ihm gute Besserung und freute
mich auf den kommenden Tag.

Mein neuer Schüler kam sehr pünktlich. Er war nicht klein, sondern überragte mich um Kopfeslänge.
Ein Tässchen Kaffee im Kollegenkreis lockerte die anfängliche Zurückhaltung auf, und er berichtete uns über sein traumatisches Erlebnis, dass sein alter Meister ihn geschlagen hatte.

Sein Smartphone meldete sich mit einem Rap. „Nicht jetzt", antwortete er, „ich habe gerade zu tun."

Ich war empört. Meine Kolleginnen und Kollegen waren erstaunt.
Ein Meister, der seinen Schüler, einen Riesenkerl, verhaut?
Solche Fälle gab es aus Berichten über Zünfte im Mittelalter, aber heute?

Die Paketdienstfahrerin Kati erwischte uns wie üblich in unserer Kaffeeküche.
Für uns war es das Startzeichen, loszulegen.
Ich checkte die Sicherheitsschuhe und die Schreinerhosen meines Schülers.
Alles war in Ordnung.
Mein Schüler zeigte auf zwei kleine weiße Punkte auf seinen Schuhen und auf einen leichten Abrieb an der Sohle.

Er wies mich darauf hin, dass ihm eine jährliche Grundausstattung an Sicherheitskleidung zustand. Das Verfallsdatum seiner Schuhe sei abgelaufen. Außerdem würde ihm kein Orthopäde Einlagen verschreiben, wenn die Schuhe nicht absolut korrekt wären.

Diesem Argument konnte ich mich nicht verschließen.

Meine Schuhe waren tatsächlich abgeschabt und verbraucht. Ich brauchte dringend ein paar neue.

Ich versprach ihm, dass wir das in den kommenden Tagen zusammen erledigen würden.

Nach einer intensiven Arbeitseinweisung an den Maschinen konnte es losgehen.

Mein Schüler und ich trugen zuerst eine 19er Spanplatte vom Plattenlager zu der Plattensäge. Er hatte offensichtlich Probleme beim Rückwärtslaufen.

Und offensichtlich kam er mit dem Gewicht einer 19er Spanplatte, trotz Haltegriffe, an seine Leistungsgrenze.

Das Hochheben der Platte auf die Plattensäge erforderte einen zusätzlichen Kraftakt.

Er stöhnte und jammerte.

Ich war erstaunt, dass ein Auszubildender im dritten Lehrjahr, mit dieser Statur, immer noch keinen Saft in den Knochen hatte, und ich war erstaunt, dass sich sein Jammern wie die Töne eines gut einstudierten Klageliedes anhörte.

Nach kurzem Nachdenken kam ich zu dem Schluss, dass diese ständige Jammerei damit zu tun hatte, dass die jungen Leute von heute in ihrer Entwicklung schneller waren, als ich es damals war.

Ein Schreiner meiner Generation erkannte erst mit der Erreichung der Meisterschaft, dass Jammern zum Geschäft gehört. Alle Holzlieferanten können davon ein Lied singen, wenn Schreiner anfangen zu jammern.

Mein Schüler bekam seinen ersten Auftrag von mir.

Ein einfacher Zuschnitt gemäß meiner Zuschnittliste.

Ich ließ ihn gewähren.

Nach einiger Zeit kam mein Schüler zu mir und beschwerte sich bitterlich.

„Meister, ich habe alle Teile zugeschnitten. Allerdings fehlen mir bei dem letzten Teilstück 10 cm. Die Platte war zu kurz!"

Ich musste zugeben, dass das eine sehr kreative Schuldverlagerung eines individuellen Messfehlers war.

Ich führte ihn daraufhin zur Breitbandmaschine, durch die er CNC-gefräste Teile durchlassen sollte.

Mein Schüler lächelte mitleidig über die primitive Form der Tiefeneinstellung. Er war von der Schule her moderneres Equipment gewohnt.

Ich ließ ihn das Breitband-Schleifpapier wechseln.

Er hatte große Probleme das Schleifpapier einzufädeln.

Ich zeigte es ihm und nahm das Schleifpapier wieder heraus, damit er es selbst machen konnte.

Und sofort fing das Jammern wieder an, weil er annahm, dass ich ihn schikanieren wollte.

Ich versicherte ihm, dass ich ihm nur behilflich sein wollte, dieses ‚alte Ding' bedienen zu können. Das beruhigte ihn.

Ich entfernte mich, damit er nicht durch meine Anwesenheit verunsichert wurde.

Die Schleifmaschine wurde gestartet.

Kurz darauf tat es einen lauten Knall.

Und schon stand er wieder vor mir.

„Meister, das ist ein ganz mieses Schleifpapier, das man dir angedreht hat. Die Klebestelle ist gerissen."

Es war nicht die Klebestelle. Es war der große Riss am Schleifpapierrand, den er beim Einfädeln des Schleifpapiers verursacht hatte. Ich hatte ein Problem.

Mein Schüler sah keinerlei Zusammenhänge zwischen seinem Tun und dem Schaden, den er anrichtete.

Das war sehr ungewöhnlich. Ich fühlte mich herausgefordert.

„Was will mir solch ein Verhalten sagen", murmelte ich in meinen Bart.

Ich brauchte dringend einen Kaffee.

Das Mahlwerk der Kaffeemaschine wurde durch einen Rap-Klingelton aus der Ferne übertönt.

Ich drückte sofort eine zweite Beruhigungstasse.

Plötzlich hatte ich die Lösung.

Es ging um ein einfaches ICH.

Ein Schreiner übernimmt für alles, was er tut, die Verantwortung.

Ein Schreiner sagt: „ICH habe einen Fehler gemacht." „ICH bin, ICH tue, ICH stehe dafür gerade!"

Mein Schüler hingegen fand die Fehler in den Umständen, nicht in seinem Tun.

Hier gab es schlicht und einfach gar kein ICH, das die Verantwortung übernehmen wollte.

Wenn mein Schüler ICH sagte, dann nur in dem Sinne einer Forderung: „ICH will"… oder: „Das steht MIR zu" …
Ich hatte hier ein äußerst interessantes Phänomen entdeckt.
Ein junger Mensch mit einem Doppel-ICH.
Zum einen ein Nicht-Ich, das zuständig war, alles Belastende und Tragende von sich zu weisen, zum anderen ein Forderungs-Ich, das für die Ego-Befriedigung zuständig war.

Kommen Sie mir jetzt nicht mit Freud.
Das hat weder etwas mit Triebsublimierung noch mit Verdrängung zu tun.
Haben Sie noch nie etwas vom Zeitgeist gehört?

Schon wieder der Rap-Klingelton.
Ich hatte vom Zeitgeist die Nase gestrichen voll.
Am folgenden Tag hatte ich ein paar kleine, massive Anregungen gegenüber meinem Schüler.

„Kein Handy in der Werkstatt! Basta!"
Ich hatte ihn kalt erwischt.
Waren das Schweißperlen auf seiner Stirn?

„Meister, kann ich heute Abend eine Stunde früher weggehen, ich habe Karten für die SAP Arena."

Sein Nachsatz „muss aber nicht sein" ist wohl auf mein verdutztes Gesicht zurückzuführen. Ich genehmigte ihm sein Anliegen, weil ich mich auf die neue ‚Work-Life-Balance' der jungen Leute einstimmen wollte, schließlich befand ich mich in der Haltung des Lernenden.

Eine Schranktür musste neu lackiert werden. Mein Schüler wollte das unbedingt machen. Er war überzeugt, dass er der richtige Mann dafür war. Sein Engagement gefiel mir sehr. Ich war erstaunt, wie selbstverständlich er über einen anspruchsvollen Lackiervorgang reden konnte. Wagner, Airless, SATA, Aircraft, er kannte jede Lackierpistole.

Seine Ausbildung der letzten zwei Jahre war also durchaus erfolgreich verlaufen.

Ich übergab ihm meine Lieblings-Airless und zeigte ihm die Kundentür.

Er probierte die Absaugung aus, die Lacktür schloss sich durch den Luftzug von selbst.

Dann wurde es still. Ich hörte lange Zeit nichts.

Dann brummte die Absaugung. Dann wieder Stille.

Wieder die Absaugung, wieder Stille.

Der Wechsel zwischen Lärm und Stille über
einen Zeitraum von einer Stunde machte mich
leicht nervös.

Ich passte den richtigen Moment ab und stürmte
in den Lackraum hinein.

Der Lackraum war so vernebelt, dass ich meinen
Schüler in seinem Hasenkostüm erst gar nicht
entdecken konnte. Er kniete am Boden und
schlug mit einem Holzstab auf meine
Lackpistole ein.

Ich schrie vor Entsetzen auf.

Mein Schüler schüttelte meine Lackpistole, er
schimpfte über die verstopfte Düse, über den
schlechten Lack und über die schlechte
Absaugung.

Ich schob meinen Schüler aus dem Lackraum
hinaus.

Ich habe nur geschoben, ich habe nicht
geschlagen, ich schwöre es.

Meine Lieblingslackpistole hatte schwer
gelitten. Ich streichelte sie zärtlich und machte
mich sofort daran, sie wiederzubeleben.

Ich war eine Stunde mit der Säuberung meiner
Liebsten beschäftigt.

Die Schranktür war erledigt, ich meine richtig
erledigt, so ganz richtig erledigt.

Mein Schüler konnte sich das alles nicht erklären. Er hatte sich ein 15-Minuten-Video auf YouTube mehrmals angesehen. Das Lackieren ging dort kinderleicht.

Er war sich sicher, dass es an der Pistole gelegen haben musste.

Der Rap-Klingelton trällerte aus der Küche.

Ich atmete tief durch.

Den Rest des Tages verbrachte mein Schüler im Keller mit Pinsel und Farbe. Er durfte die weiße Kellertür noch einmal weiß streichen.

Die Tür war danach fleckig, der Boden war versaut.

„Meister, wir müssen noch über den Vertrag und meinen Resturlaub reden."

Ich machte eine große Yogaatmung.

Das soll beruhigen.

Ganz plötzlich überkam es mich.

Ich spürte auf einmal eine große Dankbarkeit in mir.

Ich hatte meine eigene Work-Life-Balance wiedergefunden. Ich durfte wieder ungestört arbeiten, wie immer ich wollte, so lange ich wollte, mit wem ich wollte.

Ich war glücklich.

Den Kredit habe ich bei einer anderen Bank
verlängert.

Der kleine graue Beamte

Es gibt Kämpfe und es gibt Kämpfe.
Scheinbar harmlose Auseinandersetzungen
können manchmal Dimensionen annehmen, die
jedes Vorstellungsvermögen übersteigen.
Als Schreiner hätte ich diese Weisheit wissen
und mein Verhalten entsprechend steuern
müssen.
Ich habe das nicht getan.
Meine Empörung war einfach so groß, dass ich
mich nicht beherrschen konnte.
An Nachrichten von Bombenanschlägen und
Messerattacken hatte ich mich gewöhnt, auf
einen Anschlag direkt vor der Haustür war ich
nicht vorbereitet.
Die Stadt hatte es auf unsere
Anwohnerparkplätze abgesehen. Wir wurden
quasi über Nacht enteignet.
Es gab keinen Grund für diese Aktion.
Sie machte keinen Sinn.
Trotzdem war diese verwerfliche Tat von Amts
wegen rechtens.

Die Sache fing vor fünfzehn Jahren an, als ein vermutlich betrunkener Beamter im Zuge der Straßenrenovierung die Schilder für Langzeitparken in Kurzzeitparken vertauscht hatte.

Die Proteste der Anwohner wurden registriert, und es wurde ein Duldungsabkommen für Anwohner mit Parkausweis geschlossen.

So lebte unser Schreinermeister unter dem Dach von falschen Schildern in Ruhe und Zufriedenheit.

Versehentliche Strafzettel von neuen Mitarbeitern im Außendienst wurden immer sofort zurückgenommen.

Man entschuldigte sich, man zollte sich gegenseitigen Respekt.

In diesem Amt gab es auch einen kleinen grauen Beamten.

Dieser war ordentlich, pünktlich, korrekt. Er fiel nie auf und wurde von seinen Kolleginnen und Kollegen geachtet. Über ihn wurde nie getuschelt, weil es einfach nichts zu tuscheln gab.

Wenn der kleine graue Beamte einmal krank wurde, dann spürte zwar jeder, dass irgendetwas fehlte, sprach man dieses Gefühl an, konnte sich niemand erklären, woran das lag. Niemand achtete wirklich auf den freien Platz im Großraumbüro in der drittletzten Reihe.

Das verschlafene Amt hatte aber zwei Gesichter. Das eine Gesicht war das Vorzeigegesicht. Man nickte sich freundlich zu, man half sich gegenseitig, man fragte höflich nach dem Wohlergehen des anderen.
Das andere Gesicht war argwöhnisch, säte Misstrauen, verteilte kleine Spitzen an richtiger Stelle und brachte sich in Position für höhere Weihen.

Auch unser kleiner grauer Beamter hatte seine Geheimnisse.
Am Abend saß er stundenlang vor dem Spiegel und hielt feurige Reden gegen Vorgesetzte, gegen Politiker, gegen Gesetzesvorschriften. Er war plötzlich nicht mehr der kleine graue Beamte, sondern ein Bürovorsteher, ein Abteilungsleiter, ein Bürgermeister, ein Abgeordneter, ein Führer.
Verließ unser Beamter morgens pünktlich um 7.35 Uhr das Haus, war er wieder der korrekte Beamte, der die Nachbarn grüßte, den Kolleginnen und Kollegen zunickte und sich leicht verbeugte, wenn die Abteilungsleiterin auftauchte.

Eines Tages landete ein Einspruch des Schreinermeisters gegen eine Ordnungswidrigkeit auf seinem Schreibtisch.
Die angedrohte Ordnungswidrigkeit verstieß eindeutig gegen das zuvor erwähnte Duldungsabkommen.
Jetzt hatte unser kleiner grauer Beamter ein echtes Problem.
Seine Kolleginnen haben immer im Sinne des Schreinermeisters entschieden.
Das Beweisfoto des Mitarbeiters im Gemeindevollzugsdienst besagte aber eindeutig, dass nach dem Verkehrsschild nur ein Parken für eine Stunde gestattet war.

Vom Verkehrsamt lagen ebenfalls widersprüchliche Auffassungen vor.
Es nutzte nichts, der kleine graue Beamte musste sich entscheiden.
Es war vermutlich die schicksalhafteste Entscheidung, die er je in seinem Leben treffen musste.
Nur das wusste er zu diesem Zeitpunkt noch nicht.

Der Beamte warf eine Münze.
Die Münze hatte entschieden.

Der Schreinermeister erlebte den größten Diebstahl in seinem Leben, er verlor sein Parkrecht.

Die Vorgesetzte des kleinen grauen Beamten stellte sich nach dem Einspruch des Schreinermeisters demonstrativ schützend vor ihren Mitarbeiter.
Das gehört sich so. Alles war rechtens. Das Foto war der Beweis. Das alte Abkommen gab es fortan nicht mehr.
Der kleine graue Beamte fühlte sich bestätigt. Er hatte Mut und Rückgrat bewiesen.
Das Tuscheln seiner Kolleginnen, deren frühere Entscheidungen er durch seinen Münzwurf aufgehoben hatte, störte ihn nicht, er war im Recht.

Das Selbstbewusstsein unseres kleinen grauen Beamten wuchs. Seine Reden vor dem Spiegel wurden abends kräftiger, der Ton gegenüber seinen unfähigen Kolleginnen derber, seine Verachtung gegen seine laschen Vorgesetzten ausdrucksstärker.

Im Amt war er weiterhin der höfliche korrekte Kollege. Man schenkte ihm jetzt mehr Beachtung.

Auffällig war, dass der kleine graue Beamte seine Arbeit auf einmal in Rekordzeit erledigte. Auffällig war ebenfalls, dass er immer mehr Aufträge bearbeiten wollte. Das wurde von den Vorgesetzten gerne gesehen und gefördert.

Der kleine graue Beamte hatte eine todsichere Methode entwickelt, wie sich die Arbeit optimieren ließ. Er entschied willkürlich nach seinem Münzprinzip. Dadurch genehmigte er Einsprüche, die nie hätten genehmigt werden dürfen. Diese Entscheidung brachte ihm großes Lob ein. Man lobte ihn für sein Verständnis, seine Sensibilität und seine Großzügigkeit. Wenn er Einsprüche ablehnte, die normalerweise akzeptiert worden wären, lobte man ihn für seine Standhaftigkeit. Und manchmal lag er nach seinen Münzwürfen auch ganz richtig, entsprechend der Gaußschen Normalverteilung, wofür er selbstverständlich wegen seines korrekten Verhaltens ebenfalls gelobt wurde.

Dieses engagierte Verhalten hinterließ einen tiefen Eindruck bei seinen Vorgesetzten.

Ein Mann, ein Wort.

Dem Aufstieg des kleinen grauen Beamten stand nichts mehr im Wege. Er war zu Höherem berufen.

Beim BAMF wurden Beamte gesucht, die schnell, zuverlässig und punktgenau entscheiden konnten. Genau die richtige Herausforderung für unseren kleinen grauen Beamten.

Seine Münzwurf-Methode war wie geschaffen für die neue Aufgabenstellung.

Er bekam Lob von den Grünen, wenn er einen Asylsuchenden aus Marokko ohne ausreichenden Asylgrund die Genehmigung erteilte, er bekam Lob von der CSU, wenn er einen Afghanen auswies, der eigentlich gute Chancen für ein Bleiberecht hatte.

Egal wie er sich auch entschied, er bekam von irgendeiner Seite immer Lob.

Nach kurzer Zeit leitete er eine ganze Abteilung, die von ihm in einer ganz neuen, effizienten Art geleitet wurde. Er traf die Vorentscheidungen, seine Mitarbeiter arbeiteten die Rechtfertigungen im Detail aus.

Abends stand unser kleiner grauer Beamter in seinem besten Anzug vor dem Spiegel. Er schimpfte nicht mehr über Vorgesetzte, er redete jetzt über Menschlichkeit, Veränderungen, über

Unfähigkeit traditioneller Politik, er redete über Deutschtum, über Heimat, Lügenpresse und Überfremdung.

Am Morgen war er wieder der korrekte Beamte. Zielstrebig und fleißig, der mit seinen Entscheidungen manchmal für Aufsehen sorgte, wenn er mal wieder einen gut integrierten Mitmenschen aus seinen Lebensumständen riss und abschieben ließ.
Das Studium der Akten gefiel unserem kleinen grauen Beamten gar nicht. Das war ihm zu umständlich und zu persönlich.
Er ließ sich von nun an nur Listen mit den Namen der Asylsuchenden geben und traf seine Vorentscheidung mit einem einfachen Kreuz auf der Liste.
Wer ein Kreuz bekam, der wurde aussortiert, die Menschen ohne Kreuz kamen in ein weiteres Auswahlverfahren.
Die Rechtfertigungen seiner Entscheidungen mussten dann von den Mitarbeitern gemäß seinen Anweisungen umgesetzt werden.
Das war nicht immer leicht.
Aber Wahrheit ist ein dehnbarer Begriff und mit der Vorgabe der Entscheidung musste Wahrheit nicht gesucht, sondern lediglich interpretiert werden.

Immer mehr Mitarbeiter wurden dem kleinen grauen Beamten unterstellt. Seine Entscheidungen fielen immer schneller. Die ersten Standardisierungsversuche von Wahrheitsbegründungen liefen erfolgreich ab, was ihn ermutigte, noch mehr Kreuze auf die Listen zu setzen.

Dafür bekam unser kleiner grauer Beamter viel Lob aus gewissen Kreisen. Er wurde als ein heimlicher Superstar gehandelt.

Es dauerte nicht lange, dann wurde unser kleiner grauer Beamter eingeladen, vor großem Publikum eine Rede zu halten.

Er warf eine Münze. Die Münze entschied sich für die Spiegelrede Nummer 3: Heimat, Lügenpresse, Überfremdung, unfähige Politiker. Mit dieser Rede katapultierte sich unser kleiner grauer Beamter in die vorderste Reihe von lauten Schreiern.

Er war zum Idol und Führer aufgestiegen.

Ich stand vor meinem Parkplatz, der nicht mehr meiner war, und hatte Tränen in den Augen. Überall hingen die Plakate einer schlimmen Bewegung. Ein bekanntes Gesicht auf einem Plakat grinste mich süffisant an.

„Was habe ich nur getan. Hätte ich doch nur
keinen Einspruch erhoben."

Ähnlich musste es wohl dem Kunstprofessor
ergangen sein, der Adolf Hitlers Bewerbung für
die Kunstakademie abgelehnt hatte.
Hätte er das nicht getan, hätte es vielleicht nie
einen Zweiten Weltkrieg gegeben.

Nichts als die Wahrheit

„Meister, Deine Geschichte mit dem kleinen grauen Beamten steht auf wackeligen Beinen, weil du nicht über die verschiedenen Sichtweisen von Wahrheit verfügst. Das kann sehr leicht dazu führen, dass man dich für einen Lügner hält."

Ich schaute ihn erstaunt an.

„Es gibt eine Spielebene der Wahrheit und es gibt die Wahrheit der Schwere", fuhr er fort. Die Wahrheit auf der Spielebene wird von Entscheidungen bestimmt, hinter denen immer ein Interesse steht.

Die Wahrheit der Schwere hingegen ist einfach nur Last, die es gilt zu tragen und zu ertragen. Du, Meister, bist gefangen in der Wahrheit, die sich an Interessen festklammert."

Ich winkte ab.

Er lächelte: „Ich weiß, wie Menschen ticken, ich habe sie schließlich erschaffen."

Dieses rhetorische Selbstlob war eines Gottes
nicht würdig!
Er steckte mich in eine Schublade, von der ich
nicht einmal wusste, ob diese in einen
Kleiderschrank oder in eine Kommode passte,
und er sprach über Dinge, die ich nicht verstand.

Jesus sah mein Dilemma.
Er überlegte eine Weile und startete dann einen
neuen Versuch:
„Als der Mensch ins Dasein geworfen wurde, da
hat ihm Gott ein Geschenk mit auf den Weg
gegeben. Dieses Geschenk wurde in einer
geheimen Kammer seines Körpers versteckt.
Die meisten Menschen wissen nicht, welch
kostbaren Schatz sie in sich tragen und
ignorieren ihn einfach.
Andere werden manchmal in sehr schlimmen
Zeiten auf diesen Schatz aufmerksam, erkennen
aber nicht dessen Bedeutung.
Dann gibt es noch die Menschen, die von einem
unstillbaren Hunger getrieben werden,
verborgene Wahrheiten zu entdecken. Einige
versuchen es mit Beten, andere wählen die
Meditation, wieder andere fasten oder richten ihr
Leben im Alltag auf diese Wahrheitssuche aus.
Von all diesen Menschen gibt es nur wenige,
ganz wenige, denen es gelingt, bis zu ihrer

Schatzkammer vorzudringen und einen Blick hineinzuwerfen.

Der Anblick auf das Unvorstellbare in dieser Schatzkammer ist gewaltig. Es gibt nichts Vergleichbares.
Ein Blick in diese Kammer bleibt aber nicht ohne Folgen.
Die Lichtstrahlen der Schatzkammer sind so intensiv, dass das Herz des Betrachters geöffnet wird und mit dem Herzen eine weitere Tür.
Diese Tür öffnet ein bisher unbekanntes Blickfeld vom Herzen her.
Und auf einmal sieht der Wahrheitsfinder die Welt ganz anders.
Alle Personen, die ihren Schatz ignoriert oder nicht gefunden haben, hingen an Fäden. Alle Fäden dieser Menschen waren wiederum miteinander verbunden.
Es gab kein Entrinnen.
Sobald sich einer bewegte oder zu stark an den Fäden zog, verloren andere ihr Gleichgewicht und fielen zu Boden. Es gab kein Fortkommen, es gab nur ständiges Ziehen, Fallen, Aufstehen.
Alle waren Gefangene.
Unser mutiger Schatzsucher kam allerdings auch nicht ungeschoren davon. Sobald er versuchte zu gehen, musste er feststellen, dass seine Füße

schwer wie Blei waren. Jeder Schritt war
mühevoll und eine große Qual.
Es blieb ihm nur der Trost, dass er sich
wenigstens frei bewegen konnte.
Eine Kleinigkeit sollte noch erwähnt werden, die
sich unser lieber Gott als Bonbon gegönnt hat.
Aus dem Herzen unserer Wahrheitsfinder
strömen himmlische Süßigkeiten. Es ist eine Art
Belohnung für all die Mühen.
Diese Süßigkeiten haben allerdings einen
Haken. Die eigenen süßen Sachen schmecken
nicht, man musste sie tauschen."

Jesus nickte dem Meister zu:
„Deshalb schmeckte auch Deine Kirsche aus
dem Paradies so sauer, du hast vergessen, sie zu
tauschen.
Ein schlauer Kerl, der liebe Gott, findest du
nicht auch?"

Jesus war mit seiner Geschichte fertig.
Ich war es auch.
Die Gleichnisse von Jesus konnten einem ganz
schön zusetzen.
Ich hatte sehr wohl begriffen, dass Jesus mich an
Fäden hängen sah, unfähig, mich frei zu
bewegen, ausgeliefert an all die anderen, die an
mich festgeknotet waren.

Das gefiel mir überhaupt nicht.
Da ich der Meister war, musste ich jetzt
dringend ein Machtwort sprechen
„Jetzt hilf mir gefälligst aus diesem
Schlamassel!"

Das hatte Jesus sowieso vor.
Er stellte sich hinter mich und forderte mich auf,
die Augen zu schließen.
Seine Energie bewirkte bei mir eine eigenartige
Veränderung. Ich konnte die Füße nicht mehr
hochheben und ich sah aus meinen
geschlossenen Augen heraus ganz klare Bilder.
Ich sah doch tatsächlich eine Weltbühne voller
Personen, die alle an Fäden hingen und
zusätzlich miteinander verknotet waren.
Ich war begeistert und teilte meine
Wahrnehmung Jesus mit.
„Was siehst du noch?", fragte er mich.
„Ich sehe eine Person, die an so vielen Fäden
gleichzeitig gezogen hat, dass ihr ganzes Umfeld
auf die Schnauze gefallen ist."
Jesus fragte weiter: „Erkennst du jemand?"
Ich wusste sofort, wen ich vor mir hatte.
„Das ist Donald Trump", rief ich aufgeregt.
Jesus war erstaunt.

„Du bist jetzt in der Wahrheit verhaftet und trägst ihre Schwere. Gehe zu Donald Trump und teile ihm Deine Weisheit mit."

Ich ging mit meinen bleiernen Füßen auf Trump zu. Dabei bin ich leider über einige Personen gestolpert, die auf die Nase gefallen waren. Bei Hillary habe ich mich entschuldigt.

Ich stand vor Trump:

„Lieber Herr Trump, ich möchte mich bei Ihnen bedanken. Sie haben mir gezeigt, dass ich nicht alles glauben kann, was gesagt wird. Sie haben mir den Charakter Ihrer Wahrheit offenbart, in dem Sie die Wahrheit in den Kontext einer Realityshow gestellt haben. Ich habe endlich begriffen, dass es bei diesem Verständnis von Wahrheit nicht um das Begreifen eines tieferen Sinns geht, sondern um die Quote für eine Show. Die Show selbst wird dadurch zu einer Verkörperung der Wahrheit. Stimmt die Quote, stimmt die Show.

Jeder, der Ihre Show gesehen hat, muss anerkennen, dass Sie der Beste sind.

Nicht eine einzige Show war langweilig.

Ihre Show hat eine weltweite Diskussion über Werte, über Ausgrenzung, über Umgang mit Andersdenkenden, über Minderheiten, über faire Wirtschaftssysteme, über Infragestellung von Selbstverständlichkeiten bewirkt.

Sie haben es geschafft, dass die Welt wieder diskutiert.
Sie, Herr Trump, sind Auslöser dafür, dass sich viele Menschen wieder eigene Gedanken machen.
Danke."

Ich verbeugte mich und dachte noch, wenn alle, die am Boden liegen, auf einmal aufstehen und an den Fäden ziehen, dann fliegt Donald Trump in hohem Bogen auf seinen Hintern.

Jesus war mit mir zufrieden.
Ich hatte eine wichtige Lektion gelernt.

Im Hintergrund sah Jesus den kleinen grauen Beamten an seinen Fäden hängen. Er war der Ansicht, dass ich mein Wissen von der Wahrheit auch mit dem kleinen grauen Beamten teilen sollte.
Die Konfrontation mit dem verletzten Teil in mir sollte mir bei meinem inneren Heilungsprozess helfen.

Ich stapfte also mit meinen schweren Beinen wieder los.
Ich stand vor dem kleinen grauen Beamten und verbeugte mich höflich.

Er lächelte wohlwollend zurück.
Ich besann mich auf die Wahrheit, und die
schrie ihn an:
„Du elender Parkplatzklauer, ich sollte dich
windelweich prügeln!"

Jesus hatte verstanden, dass im Kampf zwischen
tiefer Wahrheit und persönlichem Interesse
manchmal die Goliath-Seite die Oberhand
gewinnt.

Und er hatte ebenfalls verstanden, dass seine
Mission noch nicht beendet war.
Die Diskussion der Schreiner hatte gerade erst
begonnen.

Herstellung und Verlag:
BoD – Books on Demand, Norderstedt
ISBN: 978-3-7481-6810-2